透明になれなかった僕たちのために

佐野徹夜

河出書房新社

目次

透明になれなかった僕たちのために

もし僕が、誰でもいいから人を殺したいと言ったら、あなたはどう思うだろう。

自分とは関係ない化け物《モンスター》の戯言《たわごと》だと思うだろうか。

それとも、その気持ちが少し分かるような気がする、と思うだろうか。

いつか僕が、こんな酷い世界には生まれてきたくなかったと言ったら、あなたはどう思うだろう。

自分にはそんな気持ちは分からないと思うだろうか。理解したくないと目を背《そむ》けるだろうか。

自分が正常な側の人間だったことに安心し、すぐに僕の言葉を忘れてしまうだろうか。

それとも、共感するだろうか。自分の生の悲しさを、改めて実感するだろうか。

あるいは、そんな青臭い悩みは自分には無関係だと切り捨てて終わらせるだろうか。

異常な人間は、そうなるに至った経緯を正常な人間に説明しなければいけないだろうか。例えば自分の生い立ちを説明して、同情してもらわないといけないだろうか。

僕は、同情されるくらいなら、死んだほうがマシだと思う。


ある朝、僕は海に腰まで浸かりながら、水平線に向かって歩いていく。

雪が降っていて、何もかも冷たいせいで、震えが止まらない。

暗い雲の間から覗く、かすかな光が、涙で滲《にじ》みながら煌《きら》めいて目の奥を刺す。

さて、これからこの話に出てくる人たちはみんな嘘をついていた。

真実に気づいたとき、僕はいよいよ人生にうんざりした。

しかし、そこから始まることもある。
この話は、四月に始まって十二月に終わる。

四月

ユリオ

子どもの頃、僕たちはいつも二人で一人だった。

僕が樋渡《ひわたし》アリオで、弟がユリオ。

両親が不妊治療に通い、その結果生まれたのが僕たち双子だ。体外受精では多胎児が生まれやすい。

僕たちはずっと一緒にいたので、周囲から気味悪がられていた。トイレも風呂もベッドも一緒。一人になるのが嫌だった。それが異様に見えるのか、初対面の人によく〝インタビュー〟された。「どうしてそんなに一緒なの？」とか。一卵性双生児だから顔も似ている。その上、当時僕たち二人は服まで同じ物をよく着ていたし、髪型も寄せていたから、誰が見ても少し奇妙だった。僕たちは神経症的に離れなかった。「そんなに一緒にいて、嫌になることはないの？」と訊かれることも多かったけど。

お互いに対してネガティブなことは考えないようにしていた。「ウザい」という感覚もすぐ伝わるから。なるべくストレスなく一緒にいるため、僕たちは自分を持たないよう努力した。二人でいるのがニュートラルな状態という認識でいた。

ただ一つの致命的な問題を除けば、僕たちに悩みはなかった。

僕たちは二人でいる限り大丈夫だった。その頃、僕たちは自分の能力に疑いを持ったことはなく、何にでもなれる気がしていた。そしてきっと、本当に何にでもなれたはずだ。

十四歳のとき、ユリオが死ななければ。

＊

中学二年生の一学期にユリオは自殺した。

彼の遺書を読み、僕は嫌な気持ちになった。

ユリオの死後、僕は腑抜けた。自分から何か鋭敏なもの、張り詰めたものが失われた気がした。僕は人生に対する期待を完全に失い、何かを諦めた。よりよく生きようと思うことは一切なくなった。あのとき、僕の人生からその類《たぐい》の光は消えた。

以降、ユリオの死の喪失感と共に僕は生きた。

そして僕は凡庸な人間になった。

＊

まだユリオが生きていて、いつも一緒だった頃。僕たちは何でもできた。そのせいか、僕たちは不遜な人間になりつつあった。

努力せずともテストの成績は良かった。運動もできたし容姿もそれほど悪くない。

ただ、急速にあらゆるモチベーションが冷えて消えつつあった。僕たちはすでに人生に失望し始めていた。

小三で生きる意欲は急速に消滅し始めた。終末期の恒星のように熱が失われていく。この調子だと早晩「何もやる気が出ない」から「そもそも人生は無意味」を経由して「早く死んだほうがマシ」に行き着くだろうという予感があった。

そんな僕たちの無感動期を終わらせたのが彼女だった。

僕たち二人は、同時に一人の女性を好きになった。

深雪

春、十八歳、大学生になった僕は、ユリオが身を投げた多摩川《たまがわ》の河川敷近くで、彼女と会う約束をしていた。思えば二度目の再会だ。

二子玉川《ふたこたまがわ》駅の改札を出て、すぐ彼女を見つけた。朱色のワンピース、淡い日射しに照らされた彼女の首元に薄く残る痣《あざ》。彼女が顔を上げる。

「アリオ。ずっと会いたかった」

深雪は昔も今も妖しく笑う。普通ではない感じで。その目は相手を呑み込むように鈍《にぶ》く光っている。

彼女はいつも美しい妖怪みたいに見えた。何かが終わっていくときの空気が彼女には常にあった。好きになったら自分も終わってしまいそうな、彼女にはそういう退廃的なアンニュイさ、憂鬱《ゆううつ》な雰囲気があった。

「アリオって、いつまでも歳を取らないみたい」

深雪は僕の顔を見て、少し呆気《あっけ》に取られたように言った。

「そんなことないよ」

僕自身はむしろ自分の老化を感じていた。鏡に映る自分がユリオの面影と離れていくのが、ときどき嫌になるくらいだ。

「私は？」

「大人になった」

「それだけ？」

深雪は口を尖らせ、わざと拗《す》ねたように微笑んだ。

「もう少しなんか言ってほしかったな」

その皮肉げな顔を見て、初めて会ったときの面影がフラッシュバックし、いくつかの感情が入り混じって湧きすぐ消えた。

「歩こうか」

僕と彼女は話しながら多摩川沿いを歩いた。

深雪が京都に引っ越して四年。ＬＩＮＥでは定期的にやり取りしていたが、以降会ったのは数度だけ。高校まで京都だった彼女は、大学進学を機に帰京した。

「私は吉祥寺《きちじょうじ》に部屋借りたよ、井《い》の頭《かしら》公園が綺麗なの」

「僕も一人暮らしを始めたところ」

「実家、こっちにあるのに」

「あと、先月から、例の君の叔父さんのとこでバイト始めた」

「それは意外。まあ、よろしく言っといて」

ＳＮＳ経由で断片的な彼女の情報は知っていたが、知らない態《てい》で話した。全部知っている感じで話を進めるのは気持ち悪いし、話すこともなくなり困る。

本当は近況報告の気分ではなかった。そのとき僕と深雪の間にあったのは、ユリオの生前の時間だった。深雪は快晴の空を見上げながら「私、ユリオが今でも好きだよ」と思い出したように呟いた。

「私、あのときのことは、誰にも言ってないから」

「そうだね。僕も」

「覚えてる？　昔、こうして二人で歩いた日のこと」

「忘れるわけない」

深雪は立ち止まって川面に目をやった。その日、多摩川は穏やかに流れていた。

「ユリオはなんで死んだと思う？」

「生きるのにうんざりしたから」

「私はそうは思わないな」

ユリオの死の理由についてそれ以上話を掘り下げる気にはなれず、僕は何も言えなかった。適当に何か言えばよかったのかもしれないけど。

多摩川は僕たち人間の思い悩みなどおかまいなしに、淡々と流れ続けていた。日射しに照らされた彼女の目が柔らかく輝いていて、すごく綺麗だと思った。

＊

彼女と初めて目が合ったとき、眼差しが理由で人を好きになるなんて恥ずかしい、と思った。それが彼女との最初の再会の第一印象だ。彼女の瞳に意識が吸い込まれそうになり、怖くなった。

中一のとき、彼女は僕たちが通う学校の中等部に編入してきた。自己紹介のあと、深雪は僕たちのちょうど間の席に横並びに座った。「阿部深雪。よろしく」そう言われたとき、僕たちはお互い自分に言われた気がした。

彼女が現れる少し前、母から話を聞いていた。

「赤ちゃんのとき、仲良くしてたのよ。覚えてないでしょうけど。もともとご近所さんだったから」

母の説明によれば、深雪の両親とうちの両親は、もともと知人として親しかったらしい。初めに僕の母が深雪の母と出会い、両家族は共通点を知る。互いの夫が同じK大出身であること。そして不妊の悩み。深雪の母は自分が不妊治療のため通っていたK大病院をうちの両親に紹介した。親族のコネがあるからと。

やがて両家族とも無事に妊娠し出産。深雪が生まれてから三ヶ月後、僕たちは生まれた。というわけで、僕らは自然な流れで出会った。赤ん坊の頃に。

その後、深雪の家族は父親の海外転勤で引っ越し。分譲のマンションは知人に貸した。その後、深雪の一家は東京に戻り、再びそこに住み始めた。

一連の事実は、過去のエピソードとして母からうっすらと聞いたことはあった。しかしもちろん、具体的な記憶はない。

「ほら見て。三人とも仲良さそうでしょう?」

母親から乳児のときの写真を見せられた。僕たちと深雪が三人で写っている。笑っていた。三匹の猿だ。男女の見分けがつかない。どれも同じ顔に見えた。

その写真から十三年。深雪は綺麗な女の子になった。ともかく、中学生になり再会した彼女の強い印象は、僕たちを切り裂いた。

彼女は魅力的。誰もが目を惹かれた。深雪はクラスでは余計なことは何も口にせず、他人に興味がないように見えた。

学校ではあまり話さなかったが、再会から数日後、同じマンションに住む彼女をエントランスで見かけた。誰も使わない一種の飾りみたいなソファに寝そべり、彼女はまぶたを閉じていた。青白くて生気がなくて、でも優雅で美しい顔。そのソファで横になっている人間を見たことがなかった。体調を崩しているのかもしれないと考えて話しかけようとした瞬間、彼女が急に目を開けた。

「隣の席の双子兄弟――」

深雪は起き上がり、服の裾《すそ》を直した。

「二人ってさ、常に人を見下してる感じがする」

僕たちが答えに窮《きゅう》しているうち、彼女は一方的に言葉を続けた。

「でも私、二人のそういうところが少し好きだよ。独特の、綺麗で残酷な雰囲気が」

僕たちはうまく言い返せなかった。

「親同士仲が良くて」「昔、会ったことあるって」

「知ってる。でも、赤ちゃんのときに仲良かったとか言われても、よく分かんないよね」

それから一緒のエレベーターに乗った。

「二十四階でいい？」

「うん」

「いつ引っ越してきたの？」

「先週。うち、お父さんが転勤で狂ったみたいに引っ越すから。前はインドで、日本人学校に通ってた。先月まで」

彼女がインドにいたイメージは、正直うまく思い描けなかった。

「それって孤独？」

「慣れたから全然。だから好きでも嫌いでもない人と知り合うようにしてたの。別れたあとに寂しくなるほうが嫌だし」

上昇するエレベーター内で、僕たちは彼女の横顔を見ながら、恋愛感情の高まりを感じていた。

二十四階の廊下で男子大学生らしき人物とすれ違う。それが、いかにも大学生風の恰好で、思わず僕たちと彼女は目だけで笑い合った。カレッジスウェット、チノパン、ナイキのスニーカーを履き、ｉＰｈｏｎｅを弄《いじ》りながら、『ＰＯＰＥＹＥ』のページみたいに歩いていた。

「いつか私たち、同じ大学に行くのかな」

僕たちの学校には系列の大学があり、多少、高偏差値大学としてブランド価値があった。僕たち自身は国公立の難関学部に進みたいという考えでいたが、彼女とずっと一緒にいられるなら別に大学なんてどこでもいいとそのとき感じた。

いつか僕たちは深雪と一緒の大学に行くのかもしれない、と思っていた。

＊

結果から言うと、僕と深雪は同じ大学に進学しなかった。

僕自身、内部推薦を志望しなかったし、彼女は途中で転校したから、二人とも結局系列の大学に進学することはなかったのだ。

そういう人間は少数派だった。実質的に大学受験を免除される権利を得るために、高額の学費を親が払い続けたにもかかわらず、それをあえて放棄する人間は少し珍しい。

大学受験時、僕は一切勉強をしなかった。自分の人生を向上させたいという意欲がなかったからだ。かろうじて合格できたのは、系列の大学とほぼ同偏差値の大学だ。毎年うちの高校にも一人くらいはそういう「何を考えているのかよく分からない変わり者」がいる、と進路指導の教師に言われた。

僕は色々あり環境を変えたかったので、ずっと一緒だった内部進学の人間たちと離れられて、ある意味清々《せいせい》していた。

深雪は中央線の西のほうにある国立大学に進学した。僕より偏差値は高い。ただ、おそらくだけど、深雪もあまり熱心に勉強せずに受験を終えたという印象があった。

その後、僕は一人暮らしをしたいと親に主張した。

当初、母が僕の一人暮らしに反対した本質的な理由は、おそらくメンタルヘルス的なものだ。母は孤独を恐れたのだと思う。僕は定期的にメッセージや通話で連絡を取り、最低でも月に一度の頻度で母親に会うと約束した。もちろん見えすいた嘘だ。生活費はバイトで賄《まかな》うと取り決めた。

高田馬場《たかだのばば》駅徒歩十二分、築二十五年、家賃六万九千円。リノベーション済み。エレベーターなしのアパートの三階。相場より安い。階段の真横、無個性で匿名《とくめい》的なワンルーム。

その部屋で一人暮らしを始めた最初の日、少し救われた気持ちになった。本当の孤独をやっと手に入れたように感じられて。

僕は引っ越しに大した物は持ってこなかった。手持ちの荷物と、段ボール二箱。少しの服。

スニーカー。古いノートパソコンとゲーム機。テレビが映らない液晶モニタ。最低限の生活必需品。これらは全て、いつでも買い直せる物だ。思い出の品とか、僕自身の固有性を証明する物は何もない。

物に溢れた生活は面倒臭い。僕は典型的なミニマリストということになる。実際、僕は望んでというより、神経症的に物を持たないようにしていた。

死後、遺品整理がすぐ終わるのが僕の理想の生活だった。

＊

四月、大学への道は鬱陶《うっとう》しい。サークルの新歓活動が行われているからだ。学生たちが道の両脇に居並び、次々にチラシを渡してくる。このサークルに入ることで素晴らしい大学生活を送ることができますよという、湿度の高い善意の洪水。

僕は入学式は欠席したが、学部最初のガイダンスは出席が必須で仕方なく出た。最初に、クラス名簿作成のための自己紹介カードという物が配られる。書くことがなくて詰まる。結局、平凡な人間です、とだけ書いて出した。

大学構内を歩いていると、時折誰かの視線を感じた。そう感じることは昔もよくあった。一種の神経症かもしれず、実態の伴わない妄想かもしれない。気にしたら負けだろうという気がした。特に聴きたい曲もなかったが、ノイズキャンセリングイヤホンを耳に突っ込み、何も再生せずただ雑音を消して歩いた。そうすれば少し精神が落ち着く気がしたから。それに、イヤホンを耳に挿して歩けば、話しかけられたくないという軽い意思表示にもなる。

この時期、授業が始まるまで新入生は少し暇だ。

サークルの新歓ブースが並ぶ大学構内のエリアには人が溢れていた。行き交う人たちの間隙を縫って歩く。その歩き方にも慣れが出てきた。適当に目がついたサークルの勧誘のチラシを貰《もら》って飲み会の日程だけ把握し、グーグルカレンダーに記入し捨てる。今月は食費が浮く。

今年から法改正により十八歳以上の飲酒喫煙が解禁となり、公然と宴会が開かれるようになった。

参加費無料のサークルだけをピックアップしていく。

サークルにもよるが、新歓参加には、新歓のブースで名前を記入して申し込む必要がある場合もあった。その際は仕方なく偽名とフリーアドレスを書く。サークルを掛け持ちしている人もいるから、不審に思われないよう、同一のものを記入した。

僕は食費を浮かすために、サークルの新歓飲み会に次々と顔を出した。新入生は基本的に飲食費が無料であることが多く、一日一食で済ませれば食費がかからない。サークル新歓飲み会は連夜開催されているため、僕はほぼ毎日何らかの新歓に参加していた。


バーベルクラブの新歓で僕は場違いだった。

バーベルクラブはその名のとおりバーベルを挙上《きよじよう》するクラブだ。いや、それだけではなく、各種ウエイトトレーニングにより身体に筋肉をつけてボディビルをしている。色黒のマッチョに囲まれてサラダチキンを摘《つま》む。彼らの飲食店の選定は実に健康的で、食事も栄養バランスに気を遣っていた。

　マッチョはなぜ肌を焼くのか。少なくとも皮膚癌の確率を上昇させそうであるし、肌の老化の要因にもなりそうだ。彼らによれば、黒いほうが痩《や》せて見えるため肌を焼き、コンテスト時にはさらに黒く見えるボディクリームを塗るらしい。黒さに懸《か》ける思いに畏敬《いけい》の念を抱きながら相槌《あいづち》を打った。

「確かに君はもう少し筋肉をつけたほうがいいね」

「僕もそう思います」

　食欲と同時に適度に人間観察欲も満たされ、新歓は僕にとっては良い趣味だった。

　飲み会ではいつも嘘をついた。本名も出身高校もこれまで何をしていたかも、性格も趣味も相手に合わせて自分を作り替えて誤魔化した。

　僕は普段、他の大抵の人と同様に、実生活のあらゆる局面で多様な嘘をついて生きている。言葉の嘘だけでなく、表情や声のトーン、楽しくないのに楽しそうに振る舞う、そういったことを嘘に含めるなら、大抵の人は嘘をつき日々をやり過ごしている。

　問題は僕の嘘の量がいつも過剰なことだ。

　僕が本格的に嘘をつくようになったのはユリオが死んでからだ。「悲しい？」と訊かれたのが最初だった。僕は悲しくなかったが、悲しいと言った。あまり深く考えず、つい期待される役割を演じていた。一度演じてしまうと、嘘をつくことに抵抗がなくなり、そのうち嘘と本音の境目が自分でも分からなくなった。本当のところは、嘘は僕の本音と溶けて混ざり合っていて、嘘が本音だったりその逆だったりする。

マインドフルネス研究会では、子どもの頃から座禅が趣味だと自己紹介した。テニスサークルの先輩に「明日全体練習があるんだ」と言われれば行く気もないのに「楽しみです」と答えた。恋人がいるかと訊かれれば、付き合って二年になる遠距離恋愛の彼女がいると返した。バイトは花屋で、出身校は地方の公立校で、三人兄弟の次男だと。

貯金はあるかと訊かれれば、まったくなくむしろ借金があると言い、宗教に関心があるかと訊かれれば、むしろすごくあると答えた。神を信じたい、救われたい、そうずっと心の奥底深くで無意識的に願いながら生きながらえてきた気がすると。

ボランティアサークルに擬態《ぎたい》したとある新興宗教サークルのスピーチでは、感激して拍手喝采《かっさい》した。それからトイレに行くフリをして逃げた。

サークルの新歓に出るのは楽しい体験だった。新興宗教や自己啓発サークルに出入りして感動を分かち合う。生まれて初めて僕は何かを成し遂げた気分になることができた。気のせいだけど。

飲み会で僕は、一応自分を良い人そうに見せかけることを忘れなかった。

適当に相槌を打ち続け、悪く思われないよう振る舞った。自分の正体を明かさないためには相手の話を聞くのがちょうどいい。みんな自分の話を聞いてもらいたがっていた。

聞くに値する話などこの世から絶滅しつつある。どんな知識も感情もエピソードも、ウェブに存在し蓄積され即座にアクセスできるから、話すことの価値は崩壊し、ただ話したいという欲望だけが残る。逆説的に傾聴《けいちょう》の価値は急速に高まりつつあり、雄弁と傾聴の需給バランスは二十一世紀になり確実に崩壊の一途を辿っていた。

現在、少なめに見積もって、聞くことには話すことの十倍くらいの価値がある。僕は感情労働の一種として無感情に相槌を打ち続けた。

清潔感には最低限注意を払っていた。肌のケアには気をつけているし、綺麗めな服装をしているから浮くことはあまりない。

新入生歓迎会。そこは祝祭《しゆくさい》的な空間だった。みんな楽しそうで僕は心の底では馴染《なじ》めなかった。他人の気持ちはよく分からない。部分的にでも、分かったためしがない。いつも、その場にいる誰とも仲良くなれそうになかった。早く帰りたいと思いながら笑顔を作り続けた。

その夜、ディベートサークル日陰会の新歓は、僕が来たときにはすでに始まっていた。僕は隅のほうで黙って酒を飲み、タダ飯にありついた。

飲み会では、そのサークルの誰とも、サークルそれ自体とも、本当に何一つ関わりを持つことができなかった。コミュニケーションの回路が完全に断絶したまま会話を続けた。気づくと飲み会の途中でみんなが席を移動し始め、僕は、ハブられた人間だけが集う流刑地のようなテーブルに配置されていた。

目の前に、誰とも仲良くできなかった、失敗した、という顔で打ちひしがれている気弱そうな新入生の男がいた。それは彼にとっては手痛い出来事なのだろう。僕にとっては何でもなかった。彼と二度と会うことはないだろう。

「君、学部はどこ?」彼が話しかけてきた。「国際教養学部国際コミュニケーション学科」うちの大学にそんな学部があったか、たぶんなかった気がするが適当にそう答えた。「それって何を勉強してるの？」僕も見当すらつかなかったので話題をパズドラに逸《そ》らした。

それからあとはスマホの画面だけを見て時間をやり過ごす。

「何見てるの？」

「癒される猫の動画」

僕がそのとき熱心に追いかけていたのはある事件だった。ウェブ上のくだらない炎上ネタだ。変人を追いかけていた。そいつは自分のことをジョーカーと名乗っていた。現実に起きた殺人事件について、本当は自分が殺したと、真犯人は自分だと宣言しているアカウント。いったい何のためにそんなことをしているのか。謎だった。

ジョーカー @jorker_0893
これからまだまだ人が死ぬよ。

帰り際に「連絡先を交換しないか？」と気弱な彼が言ってきた。これまでの会話のどこに連絡先を交換したくなる要素があったのか分からなかったが、僕は彼に同情して交換した。家に帰るまでの間に彼をブロックし、すぐに彼のことは忘れた。

翌日、学食研究会で先輩に気に入られ、入会を熱心に口説かれた。「お前となら全大学のチキン南蛮定食を制覇できる気がしてんだよ」しなくていいですよとも言えず、僕はその空気に乗せられて入会届まで提出した。しかしそろそろ頃合いだ。僕は逃げた。全てブロックして関係を断絶する。

当然、こんなことを繰り返していると、大学に行きにくくなってくる。僕はキャンパスを歩くときはなるべく誰とも目を合わせないようにした。

こんな風に虚無的《きょむ》な日々を送りながら、今頃深雪はどうしているんだろう、とたまに僕はぼんやり思ったりした。

蒼

このように他人の善意にタダ乗りする形で出鱈目《でたらめ》に様々な新歓に出続けているうち、同じような奴がいることに気づいた。最初は偶然かと思ったがでも違った。彼女と視線が合った、五度目の夜に気づいた。彼女は僕と同じ。新歓荒らしなのだ、彼女も。

彼女の存在に最初に気づいたのはサステナブルファッション研究会の飲み会でのことだった。唯一の男子、全身クリーム色の服を着た丸眼鏡の先輩とSDGsについて話していたとき、ふと目線を上げると彼女と目が合った。サスファ研の先輩たちはオーガニック素材のワンピースが多くて色合いも柔らかく、飲み会の情景は目に優しかった。その中で彼女はウールジャケットを肩がけし、片袖《かたそで》がないデザインのワンピースを着て、スタッズのついたミュールサンダル、シャネルのサングラス、マルジェラのレザーバッグを持っていた。これはテロだ。僕は目を合わせないようにした。

しかしその後も彼女とは高頻度で出くわした。パン焼きサークル、ビアポン研究会、そして合唱サークル斉唱納言の新歓飲み会で一緒になったとき、ついに彼女のほうから僕に近づいてきた。まっすぐ堂々と人波を掻き分けて彼女は異様なスピードで迫ってきた。心拍数の上昇をApple Watch に指摘される。呼吸が早くなった。

「あなた、本当に合唱に興味があるの？」

「話すのが苦手なんだ」僕はなるべく彼女のような野蛮な人物と話したくなくて、目を伏せながらそう言った。

「僕って自己表現する術《すべ》を持たない人間で……歌うときしか本当の意味でリアルな自分を表現できないから」

「私もそうなの」

絶対に嘘だ。

彼女はいつものサングラスを外して僕を見た。彼女は驚くくらい美人だった。髪型は『レオン』のマチルダみたいなボブで、睫毛《まつげ》が長くて瞳が大きく、意志が強そうな顔立ちだった。どちらかというとモデル系。背が高くて堂々としていた。

「あなたの好きな歌は何？」

「多過ぎて、一つこれといったものを選ぶのは難しい」何を答えても間違えそうな気がして僕は誤魔化した。

「なんでもいいけど。カラオケで何歌うの？」

「カラオケ行ったことないから」これは本当だった。

「へえ」

「人前で歌うのは苦手で。実は今日は勇気を出して合唱サークルの歓迎会に来たんだ」

「じゃあ口ずさめる歌は？　あるでしょ。歌好きなんだから」

「分からないけど、例えばダニエル・ジョンストンとか？」

「合唱向きの人間じゃないね」

「だったら僕は何に向いてる？」

「ファイトクラブ」

彼女は吐き捨てるように言って、手にしていたテキーラのグラスを一息で飲み干した。

翌週、ボート部の花見で彼女にまた出くわした。先に彼女は着いていて、なぜか瓶のハイネケンに直接口をつけて飲んでいた。

「ニイハオ」

「じゃあ、さよなら」

回れ右して帰ろうとしたら襟首《えりくび》を摑まれ、ビニールシートの上に座らされる。

「ね。私がどうしてここにいるか分かる？」

「暇潰しと冷やかしだろ」

「あなたはどうして？　オールを漕ぐときだけ無心でいられて魂が洗われるような気がするのは理解してるけど」

「タダで飯と酒が出て人間観察もできるから」

「次は散歩研究会？　新歓で新入生が無料なサークルだと」

彼女はスマホのスケジュール帳を見ながら言った。

「今度から一緒に回ろうよ」

「普通に嫌だ」

僕は驚いて応えた。

「理由がない」

「私みたいに容姿端麗《ようしたんれい》だと変な男に言い寄られたり帰りに付き纏《まと》われたりして大変なの。あなたみたいな害がない男が横にいたほうが面倒がなくて済む」

「いやいや。僕のほうに理由がない」

「今ここで言いふらして回るけどいいの？　あなたが新歓荒らしの屑《くず》だと」

「あのな」

「皆さん！」彼女がいきなり立ち上がって大声を出した。僕は彼女の腕を引っ張って座らせた。彼女は結局、今日はとても良い天気ですね、と英語の教科書みたいなことを言っただけだった。

「じゃあ約束ね」

彼女が小指を差し出したので僕も同様に掲げると、彼女は僕の小指を弾《はじ》いて、なぜか嬉しそうに笑った。

そのとき強風が吹き、彼女のバッグが倒れて中身が一部零《こぼ》れ出て、鍵とキーホルダーが見えた。そのキーホルダーは少し傷がついていたがヴィトンだった。僕は厳然《げんぜん》たる富の偏在を実感した。

「キーホルダー、大切に使ってるんだね」

「そろそろ新しいの買おうと思ってるんだけど」

「次はエルメス？　それともカルティエ？」

彼女は僕の発言を半ば無視して「あなたのキーホルダーは？」と訊いてきた。僕は彼女に自分の鍵を見せた。林檎《りんご》のマークがぶら下がっている。

「アップル？」

「紛失防止タグ。位置情報が記録されていて、紛失したときにＧＰＳで捜し出せるようになってる。ｉＰｈｏｎｅとかイヤホンを紛失したときに捜せるのと仕組みは同じ。遠ざかるとすぐにアラートが表示される」

「便利だね。いいな、私もそれにしようかな」

しかし人はルイ・ヴィトンのキーホルダーからアップルのキーホルダーに変えるものだろうか。いや、Ｋ大の内部校からＷ大に進学する僕のような人間もいれば、仏教からイスラム教に改宗する人間もいるにはいるだろうけど。

急に彼女がじっと僕を見つめてきた。彼女の瞳孔《どうこう》がじわっと開いて虚《うつ》ろになる。僕を見ているようで、その向こう側に何か別のものを見ているような、不思議な顔。「やっぱり似てる……」彼女はぼんやりした表情で零した。

「え、なに？　どうしたの？」

「や、あの、そういえば――」

彼女は取り繕《つくろ》うように続けた。

「あなたの顔が私の知り合いに似てると気づいたから。それでぼーっとしちゃって」

「へえ」

「私、あなたに似た知り合いがいるの」

「へえ」なるべく興味がないことが伝わるように、極めて抑揚がない声で同じ言葉を二回連続で言う。

「本当に物すごく似過ぎてて、びっくりするくらい」

全然興味が湧かない。彼女に少し失望した。

そう言われて愉快な感想を抱く人間は少なく、微妙な気持ちになる奴が大半だろう。よくある言い回しで、他人事として人生で何度か耳にしたことはあるが、知人と新しく出会った人の間に何か共通点を見出して面白く思っているのはそれを言っている本人だけで、言われたほうはその面白さにまったく共感できない。その人を見たことがないからだ。だいたい大して似ていないことが多い。第一ユリオ以上に似ている奴なんてこの世に存在しないし、自分に似ている奴なんてユリオだけで十分で、うんざりなのだから。

「そのうち会わせたいよ」

「そうだね。ぜひ」僕は心を閉ざして、彼女の相手をまともにするのをやめることにした。しょせん彼女はただの凡庸《ぼんよう》な変人だ。そう思うことにした。

「名前は市堰陽人《いちせきはると》」

「あ、そう」

「いつかどこかで会うかも」

「楽しみにしてるね」

それから、彼女はふと思い出したように言った。

「そういえばまだ私、あなたの本名聞いてないんだけど」

「アリオ。君は?」

「私は蒼《あおい》」

それが彼女の本名かは分からなかったけど、どうでもよかったので僕はそれ以上何も訊かなかった。

彼女とはもう二度と会うことはないだろうと思っていたから。


翌週の月曜日、その夜のサークル飲み会で新入生無料の催しは二つあり、僕は十八時スタートの散歩研究会の新歓を直前にキャンセルし、十九時スタートの不健康美味料理研究会のほうの飲み会に参加した。もちろん、彼女と会わないためにだ。

ところが僕が着いたときにはすでに蒼は宴席にいた。「あなたはここに来ると思った」ことも なげに言う彼女を僕は黙って睨《にら》んだ。

「上着かけるよ」

彼女が手を伸ばしてきて、僕は渋々自分のジャケットを手渡した。「このジャケット洒落《しゃれ》てるね。どこの?」「オーラリー。かけてくれてありがとう」僕は仕方なく彼女の前に座った。

「今、私の手品の話をしてたの」

「何それ？」

「練習してきたから、手品。協力してくれる？」

「いいけど。最初から手品と宣言して始めるなんて、自信家だね」

「では皆さん、ご覧ください」

彼女は僕のテーブルの他の二人にも目線をやり、それから僕に手の平を開いて差し出した。

「鍵を貸してくれる？」

なんとなく気味が悪いものを感じたが、先日すでに見せていたから心理的抵抗感が薄れていたのか、彼女に鍵を渡した。彼女は鍵を持って二度三度手を交差させた。

「この鍵が瞬間移動します」

彼女が手を開くと鍵が消えている。僕の隣の女子が「すごい」と言った。

「さて消えた鍵はどこに？」

彼女は僕を見て得意げに笑った。

「僕のジャケットのポケット」

すると彼女の顔がすぐに曇った。彼女の横の男子が僕のジャケットを探り「あった！」と鍵を取り出す。

「鍵は二つある。鍵の種類、キーホルダーまで同一の鍵が。まず最初に僕からジャケットを受け取ったときにポケットに偽の鍵を入れた。そして僕から鍵を受け取ったあと、手品の視覚トリックで鍵を手元のどこかに隠した。服の袖などに隠して、消えたことに。最後に僕のジャケットのポケットから鍵が登場すると、あたかも鍵が瞬間移動したように見える」要するに子ども騙《だま》しだ。

「結局、同じキーホルダー買ったんだ。意外だな」

「なんとなくね」

彼女は残念そうに言い、鍵を僕に返した。実際には鍵は彼女の膝の上、死角になる位置に隠されていた。

カルーアミルクを飲みながら、バターの串揚げ、ラフテー、ウインナーとフライドポテトの盛り合わせ、痛風鍋などを食べつつひとしきり料理の蘊蓄《うんちく》に相槌を打つ作業を続けていたら、急に蒼がテーブルの下で僕の足を突《つつ》いた。

「何？」

「タダ飯食うだけじゃ時間がもったいないよ。ついでに誰かと連絡先でも交換したら？　可愛い女子とか」

「僕はあんまり興味ない」

「どうして？　別に女子の連絡先なんていくらあってもいい気がするけど」

「どうでもいいよ」

「あー、もしかして誰か好きな人がいるとか？」

「違う。僕は恋愛感情が分からないから。それでいつも困ってる」

微妙に気まずい空気になり、それが面倒臭いから僕は別の話題を振った。

「君はどういう目的でこんなことを？　何か……人脈を広げたいとか？」

「こう見えて知り合いは多いの」

「意外だね」

「失礼な奴」

彼女はむすっとして言った。

「こないだの、アリオに似ている男の子の話なんだけど」

「興味深いね」心の底からうんざりしながら僕は呟いた。

「実は彼、すぐ近くにいるの。これから合流しようと思ってて。近くの店なんだけど。HUBってあるでしょ。知ってる?」

「知ってるよ。いいけど。その前にトイレに行きたいな。実はずっと我慢してたから、もう限界なんだ」

「そんなこと必要以上に真剣な顔で言わないでよ。どうぞ」

僕は席を立って店を出た。雑居ビルの共用トイレを通過して、非常階段を降りる。彼女は不気味を通り越して少し怖かった。

なぜ彼女は執拗《しつよう》に僕を誰かに紹介しようとするのだろう。あり得る可能性を考えた。そういう種類の詐欺だろうか。いよいよげんなりしてきた。結局彼女もその他大勢のくだらない人間たちと何も変わらない。マルチ講まがいの何かを紹介されるのかもしれない。それはそれで人間観察としては楽しそうだったが、いまいち気が乗らなかった。それは僕が当初、彼女のことを多少面白いと思ったことが原因かもしれない。僕は自分の無意識に残存《ざんぞん》したその第一印象をなるべく早く修正するように努めた。彼女は俗物。

裏口から出て、その場からそそくさと離脱する。早業だったので誰も追いかけてこれない。

僕は駅に向かって一人で歩いた。つまらないなと思いながら。彼女とは今度こそもう会うことはないだろう。小雨《こさめ》が降り出した。早足で歩く。

携帯のバイブレーションが振動した。あの場にいた誰にも本当の連絡先を教えていないはずなのに。不安になりながらディスプレイを見る。メッセージが表示されていた。

〈〝家の鍵〟が手元から離れました〉

慌ててポケットに手を入れる。しかし自分のポケットには先ほど返却された鍵の感触がある。何をされたか遅れて気づいた。この鍵は偽物だ。偽物は二つあった。僕は彼女の手品を見破ったつもりで得意になっていたが、僕が見破ることを織り込み済みで彼女は二重に仕掛けを用意し、僕は認識を誘導されていた。

「どこに行くの？」

振り返ると、数十メートル離れて、彼女が路地の真ん中に立って僕を見ていた。

「忘れ物」彼女は指先にキーリングを引っ掛けて、僕の鍵を揺らしていた。

「返せよ」

僕が近づこうとすると、彼女は走って逃げ出した。反射的に追う。

走りながら、スマホで鍵についた紛失防止タグの位置情報を確認する。その表示が、ラグはあるものの、人が走る速度で移動していく。

紛失防止タグを持って走る限り、彼女の位置をこちらは把握することができる。キーホルダーを外して捨てれば鍵だけ持ち去ることができるのに、そうしない。彼女は何がしたいのか。意図が不明で困惑する。

彼女の後ろ姿はすぐに見失った。手がかりはＧＰＳ画面だけ。徐々に僕は本気で走る気を失くし、立ち止まった。

呆然とＧＰＳ画面を見ていると、鍵がとある地点で止まり動かなくなった。

そこにはＨＵＢがあった。

僕は呆れた。

そこまでして「あなたに似ている私の知り合い」をわざわざ紹介したいなんてことがあるのか？　それは狂気なのではないか。もしかしたら彼女は狂っているのかもしれない。

僕は心の底から嫌だなと思いながらＨＵＢに向かった。

本格的に雨が降り始めていた。

二度と会わないだろうと思った人間に、その直後に自分から再会しにいくのは奇妙な気分だった。

彼女が言っていたのは趣味が良い店とかそういうのではない。ＨＵＢという、日本企業が経営するイギリスのパブを模したコンセプトのチェーン店で、オーダーごとに都度精算の比較的安い若者向けの店だ。

店のドアを開ける。中を見回す。店内の席は八割が埋まっていて、無数の話し声が絡まりあって意味を失い環境音として響いている。彼女は一番奥のテーブルでスツールに腰掛け足をぶらつかせていた。

「今すぐ鍵を返さないなら警察に行く」

僕は彼女に近づき、毅然《きぜん》とした態度で言った。

「少し待って。彼がいま注文に行ってるから。すぐ戻る」

「あのさ。正直興味ないよ。そいつに」

「分かるよ。私もあなたがそう思ってるのは知ってるんだけど」

「だったら……」

彼女の視線の先に目を向ける。カウンターでグラスを受け取った男がこちらを振り返った。僕と同じような顔をした男が微笑していた。

背筋が冷たくなる。平衡感覚が揺らいだ。

市堰

彼も一瞬戸惑ったような顔をした。それから彼はこちらに来て、テーブルにグラスを置いた。

「初めまして。本当に似てますね、俺たち」

彼は僕に似ていた。ユリオを思い出してしまう。彼は僕と違い髪に緩《ゆる》くパーマをかけている。古着っぽいシャツを着ていてファッションも少し個性的だ。ただ顔が自分と似過ぎている。ユリオが生きていたらこんな感じだったかもしれないと思ってしまう。

彼がもしドッペルゲンガーだとしたら、その登場は僕の死の予兆だろうか。確かに僕にはうっすらとした自殺願望が常にある。あるいは僕の脳が起こした自己像幻視だろうか。だけど目の前の彼の実在感は、明らかに生きている生身の人間のそれだった。

「……すみません。ショックで思考がまとまらなくて。初めまして」

「俺もびっくりしました。なんか初めて会った気がしないですね」

蒼は満足そうな様子で僕に鍵を返してきた。受け取ってポケットに戻す。

「市堰といいます。よろしく」

「アリオです。……ちょっと飲み物頼んできますね」

何かがおかしい。

普段飲まないギネスビールを頼んですぐテーブルに戻った。

自分と同じ顔の男を前にして、緊張で何を話せばいいか分からない。奇妙な瞬間だった。

僕は自分が蒼と同じ大学に通っているという話をした。それから、彼が蒼とどこで知り合ったのかを訊いた。

「Instagram でメッセージをやり取りするようになって。やがて自然と」

僕は二人の出会い方にちょっと笑いそうになった。

「顔が良いと思ったから会ってみたけど、性格は合わないから。でも嫌いじゃないから友達に」

「そういうことってよくあるの？　その、現代では」

僕が訊くと蒼は愉快そうに笑った。

「そうね、稀《まれ》によく」彼女はふざけた調子で応えた。

「本当に蒼と市堰はただ知り合いなだけ？」

「どういうこと？」

「恋愛関係にあるかどうか気になって」

「ないない」彼は笑った。

「蒼は、俺を最初に見たとき、なんて言ったと思う？」

「知らないけど」

「『生きて動いてる。どうして？』それが蒼の最初の言葉」

「へえ」

「まるで俺がゾンビか何かみたいに言うから。謎すぎて最初引いたよ」

市堰の笑い方を見ていたら、もしかして彼は酷い人間かもしれないと思った。彼はたぶん、人を利用して使い捨てにして忘れていけるような残酷さを無意識的に身につけている気がした。

他にも、徐々に彼と自分の違いをなんとなく感じ始めた。

彼のほうが自分より容姿や所作が優雅で洗練されている。それを彼がどうして身につけたのかは分からない。その優雅さはどこか詐欺師的だ。コミュニケーション能力が高そうな喋り方、快活さ、屈託のない笑い方、その裏に隠された抜け目なさや少しの残酷さ。何より、僕との決定的な違いは彼が人に好かれやすそうな雰囲気を持っていることだ。初対面の人間と打ち解けて、相手から何らかのメリットを引き出す。そのことに慣れている気がした。

「市堰は友達がたくさんいる？」

「一人もいないよ。知り合いはいるかもしれないけど」

それから彼は蒼のスマホに目を向けた。

「それより蒼のほうがすごいよ。この人はInstagramのフォロワー数がすごいんだ」

「アリオはインスタとかやってるの？」

「ごめん、SNSやってない」

本当は閲覧《えつらん》専用のアカウントは持っているが、もうずっと、自分の情報をアップするのはやめている。

「それでアリオはどうして蒼と知り合いに？」

これまでの流れを彼に説明する。

「それじゃ、アリオは蒼と一緒に新歓荒らしを？」

「たまたまね」

「次はどこの新歓に行くの」市堰が蒼に訊く。

「来週はジーンズ研究会の新歓だね。アリオは行けそう？」彼女はスマホを見ながら少し退屈そうに言った。

「もちろん。楽しみでしょうがないね」

僕は何も考えず即座にそう返した。

「市堰と出会ったときから蒼はこんな性格なの？」僕は市堰に訊いたが、なぜか蒼が答えた。

「一人っ子だから我儘《わがまま》なところがあるのかも」

「関係あるかな？　僕も一人っ子だけど」

少し笑いながら市堰は指摘する。

「アリオは兄弟いるの？」蒼が訊いた。

「僕もいないね。君と同じで」

僕がそう言うと、二人は一瞬、何か言いたげな顔をした。

それから僕らは連絡先を交換した。二人はまだ飲んでいくと言っていたので、僕だけ先に帰ることにした。

市堰のように自分と見た目が似た人間がいるということにどこか納得できない思いを抱えつつ、僕は店を出た。

外に出てふとスマホを見ると、ロック画面の通知にジョーカーの投稿が出ていた。

ジョーカー @jorker_0893
今日も俺は人を殺した。お前はどうだ?

その帰り道、急に涙が零れ出して止まらなくなった。

僕はときどき、意味もなく泣いてしまう。突然、涙が止まらなくなるのだ。全然悲しくないのに、それは突如として始まって、自分の意思では止められない。それは発作的なもので、純粋に身体的な反応で、僕自身の情緒や感情とは乖離《かいり》したまま、深い意味もなく流れる。変なタイミングでこれが起きると、自分が情緒不安定な人間みたいになって困る。

そう言えば、映画『ジョーカー』のホアキン・フェニックスは笑いが止まらない障害を抱えている設定だった。僕のはそれに少し似ている。

涙を浮かべながら夜の街を歩くと、ネオンや車のライトが目に飛び込んできてハレーションを起こす。それを見て、僕は素朴に綺麗だと思った。

深夜、アルコールに酔った状態で自室に帰り着いた。

ドアの鍵を開けるとき、蒼から返してもらった鍵を確認した。変なところはなく、その鍵で部屋のドアは開いた。

それにしても、ただ僕をHUBに連れて行くためだけに彼女は鍵を奪ったのだろうか。他に何か狙いがあったのかもしれないが、しばらく玄関に立ったまま考えても分からなかった。念のためドアチェーンをかけておく。

市堰に会ったせいか、ユリオの記憶が何度もフラッシュバックした。

ベッドに寝そべり部屋の電気を消して目を閉じる。これだけ疲れていても、すぐに意識は消えてくれない。眠りにつく前のこの空白の時間が苦手だ。自分で統制できない思考が入り込んでくる余地があるからだ。目を閉じたあとの暗闇はときどき映画館みたいで、急に映写機の光が灯り、過去や妄想のイメージが投影され始める。

ユリオの死体を見たときの映像が浮かんだ。

それは不思議な光景で、僕は自分の死体を見た気分になった。夢や回想で追体験するたびに何度もそう感じた。自分の死を普通、人は原理的に体験することはできない。でも僕はそれを何度も経験し、すでに死んだような気分を何度も味わっていた。

五月

多摩川で少年の遺体見つかる
行方不明の十四歳

多摩川で見つかった遺体は、警察が行方を追っていた十四歳の少年と断定。二〇三一年五月二七日（K通信）

野崎

一応、生活費は自分で労働して捻出《ねんしゅつ》している。

バイトは病院の医療事務。内容は簡単な情報やファイル整理などの業務だ。異常に楽なバイトで、ある程度デジタルデバイスの扱いに慣れていれば、勤務時間の十パーセント程度で全てが完了する。

僕の雇い主は野崎《のざき》さんという人物だ。彼は深雪の母親の弟、つまり彼女の叔父さんにあたる。彼は僕に親切だった。家族以外で金やリソースを自分に割いてくれる人間の中では、彼はとりわけ気の良い人間だった。「どうしてそんなに良くしてくれるんですか?」と訊いても彼はまともな答えを返さなかった。それは彼の気まぐれみたいなものなのだろうと、僕は漠然と解釈していた。

ある日そのバイト中、急に背後から声をかけられた。

「忙しいフリが板についてきたな」

「野崎さんほどじゃないです」

振り返ると、彼が笑って僕を見ていた。

「何か急ぎの作業があったらやりますよ」

「いや。暇なら飯でも行かないか」

「何かあったんですか？」

「大学進学祝いだよ。ありがた迷惑かもしれないが」

「いいですよ。今日はロンTで来ちゃったけど」

「買ってから一度も着てないジャケットがあるから貸すよ」


野崎誠司《せいじ》。彼は五十代の性的魅力を保った中年男性だ。身長は百八十三センチ。BMIは二十一。体脂肪率は十二。血液型はO型。歳を取らないかのように美しい男だった。美容医療で若さを保ち、語学ができて、ピアノを弾き、数多《あまた》の恋人がいた。彼は、ある時期に人から「悪魔の子」などと揶揄《やゆ》されていた僕と、分け隔てなく接してくれた数少ない人間だ。深雪を除けば彼だけがそうだった。

野崎さんはK大の医学部出身だ。僕の父と深雪の父母もK大で、僕の一家と深雪一家が親しくなった一つのきっかけは、そうした同じ大学出身者という謎の世俗的な連帯感が一助だったことは否めない。

野崎さんは、僕や深雪がかつて住んでいたマンションに昔から住んでいる。

この僕の実家のマンションにいるのは俗物ばかりだ。例えば黒いロゴパーカーを着た人間が、エントランスに併設されたコワーキングスペースに並んで座っている。奥から順に、バレンシアガ、ディオール、シュプリーム。何かのギャグだ。

その中で野崎さんだけが俗物ではないように見えた。

彼はいつも聞いたことがない海外ブランドの服を着て、天井までの本棚に囲まれていた。部屋の内装は全て特注で変えていた。玄関には彼がオークションで購入したダミアン・ハーストの絵画が飾られていた。

本業の傍ら、学生時代から現在に至るまで、海外現代文学の短編の翻訳を筆名で手掛けていた。一度、ポール・オースターも翻訳したことがあるらしい。

ギリシャ語やラテン語など複数の語学に精通し、原書で難解な本を読み、想像力の世界を僕に与えた。僕は彼のおかげで自分の中のある衝動と折り合いをつけた。野崎さんは特注の防音室で、うんざりするくらい長い指でピアノを弾いた。そしていつも悲しい目をしていた。彼の部屋に裸の人が寝ていたこともある。彼はバイセクシュアルであると公言していたが、女性を連れているところはあまり見たことがなかった。

僕と野崎さんは薄暗いアマン東京のレストランで食事をした。

周囲は、外国人のほか、接待や、よく分からない怪しげな男女の組み合わせが多い。

「で、誰と別れたんですか？」僕は少し不安に思いながら訊いた。

野崎さんは独身貴族で、何人かと同時並行で付き合っている。そして、恋人と別れると、僕を誘って食事に出かける。

彼は友人が一人もいないらしい。それで愚痴の相手には僕が選ばれる。僕はタダ飯に弱いので付き合うことになる。

「渚」

「それは可哀想」

「俺が？」

「違う」

「フラれたんだよ、俺」

野崎さんの額には小さな傷がある。普段、前髪を下ろしていると、見えないくらいの、小さくて目立たない傷だ。その傷がたまに目に入るとき、僕は彼が見た目の印象より繊細な人間だということを思い出す。

「僕は渚さんのこと好きでした」

「俺も」

その夜は二人で一本のワインを空けた後、最後にバーに移動して飲み直した。

「なんで別れたんですか？」

「俺のことが怖くなったって。今更」

「だって野崎さんは怖いですよ」

「どうして？」

「自覚ないんですか？」

「ないよ。嫌になるな」

野崎さんはため息をつき、果てしなく高い天井を見上げた。

「お前は深雪とはどうなの？」

「安定して低空飛行ですよ」

「二人はうまくいかないのかもしれないな」

なぜか野崎さんは嬉しそうに言った。

「でもいいんだよ。叶わない恋のほうが記憶に残り理想化され、綺麗なままいつまでも続くから。それがゆえに貴重だ。今に分かるさ」

野崎さんは、僕と深雪の関係に言及するとき、いつもやけに饒舌《じょうぜつ》だった。

「嬉しそうに言わないでくださいよ」

「今、言いしれぬ悲しさを演じたつもりだった」

「演技下手ですね。僕のデザートのこれ、いります？」

僕は皿の上の果物を指した。

「え、ありがとう。嫌いだっけ、ラズベリー」野崎さんはそれを指で取って口に運んだ。彼はそういう子どもじみたところがあった。

「そのうち深雪に会うだろ。渡しておいてほしい本があるんだ」

「なんですか？」

帰り際、野崎さんからビニール袋に入った本を受け取った。中身を見ると、カズオ・イシグロの『わたしを離さないで』だ。

「今どき本なんかプレゼントされて嬉しいかな」

「成人するまで、毎年本をプレゼントする約束だったから。あいつが日本に帰国してからの話だけど」

「ずいぶん文化的な親戚ですね」

僕の両親にそういう側面はまるでない。文化資本の違いを感じながら、僕はその本を鞄《かばん》に仕舞った。

深雪

中央線の国立《くにたち》駅で降り、深雪の大学のキャンパスに向かう。彼女の大学の学食で二人で食事をしつつ話をした。

僕はまず彼女に、野崎さんから預かってきた『わたしを離さないで』を渡した。

「去年は何をプレゼントされたの？」

「『グレート・ギャツビー』」

「その前は？」

「中上健次の『岬』。その前年は確か『万延元年のフットボール』」

「その前は？」

「『カラマーゾフの兄弟』。その前が『隣の家の少女』」

僕が少し引っかかったのは、それらが野崎さんの文学的趣味と少しズレているように思えたことだった。それに、一部の本は、姪にプレゼントする作品としてもあまり適切とは言えない。何か漠然とした違和感があった。

それから深雪は、通っているこの大学でしばしばナンパされる、とうんざりしたように零した。

「ナンパする人って、いったい何考えてるのかな」

「さあ」

その男が何を考えているか。根底には、実現可能性が低い試行の無際限の積み重ねが成功をもたらすという、現代的な思考がある。

ダイレクトメールやオレオレ詐欺、新規事業の開発や、飛び込み営業、全てがこうした成功する見込みが薄い行為を大量に試行することで最終的な利益の期待値が上昇するという論理に裏付けされている。

僕は何も言わずただ黙って「嫌な感じだね」と相槌を打った。

「何か良い断り方ない?」

「彼氏がいるとか?」

「嘘は嫌いだから」

「初耳だ」

彼女に嘘をつくときはバレてはいけないと心に刻んだ。

「あなたを恋人と勘違いしてくれたら助かるけど」

「今日一日で大学中の人間全員に周知徹底するのは難しいだろうね」

「だったら毎日お昼食べにくればいいじゃない。ここに」

「電車で四十分くらいかかる」

するとと、彼女は拗ねたような顔をした。

「せっかく離れ離れになっていたのがやっと再会できたんだから、その事実に感動して、しばらく私の大学にお昼を食べに通い続けてもいいんじゃない？」

深雪は単に冗談を言っているのだが、人によっては本気に聞こえるかもしれない。

「そうだね」

僕は適当に相槌を打った。

「大学で男友達はできないの？」

「アリオは男女の友情を信じる派？」

「もちろん」

世界中の大学生が退屈しのぎのディベートの議題として、マイケル・サンデルの番組じみた白熱した議論を戦わせる例のあれだ。

「僕は男女の友情は存在すると思うけど」

「私は……信じたいけど、理念としては。現実に経験したことはないかな」

「そう」

では僕と深雪の関係はいったい何なのだ、という気がしたが、黙っていた。

「アリオはそういう経験ある？」

「ないね。そもそも友達がいない。ほとんど」

「作ろうとしないからよ」

「欲しくないからね」

ただ、能力不足だというのもまた同時に真実だ。

「私と出会う前は?」

「別に普通に……クラスメイトと世間話くらいしたよ」

「例えばどんな話?」

「一切覚えてない」

すると深雪は呆れたような顔をした。

「今後もそういう方針?」

「週明けまでには一生の親友を作りたいと思ってる」

僕が適当にそう言うと、深雪はため息をついた。

「そういう深雪は大学で友達はできたの?」

「全然。でも私は作ろうと思えばいつでも作れる。あえて作らないだけ」

「僕もね」

「本当かな?」

深雪がからかうような顔を見せ、僕が何かやり返そうと「あのね」と口にしたのと同時に彼女が「賭けをしない?」と言った。

「どういう賭け?」

「先に友達を作ったほうが勝ち」

「基準は？」

友人関係の基準は曖昧《あいまい》だ。曖昧な関係性の妙について話し合うだけで、また別のディベートが成立し得る。

「互いに合意していたらそれでＯＫ」

「で、何を賭けるの？」

「なんでも言うこと聞くとか？」

仮に言葉どおり何でも言うことを聞くなら、それはずいぶん深刻な賭けだが、もちろん彼女はそんなつもりで言っていないだろう。深い意味はない。

「別にいいよ」

「やったね」

深雪はすでに賭けに勝ったような調子で、機嫌良さそうにそう言った。

「もしそれで負けたほうが言うことを聞けなかったらどうするの？」

そう訊くと、彼女は戸惑ったように僕を見返した。

そのとき、急に何の意味もなく、例の発作が起きそうになった。僕は自分の目に滲んだ涙が流れ出そうになるのを堪えた。

「どうしたの？　大丈夫？」

彼女が心配そうに僕を見る。

「うん……」

恋愛感情は不思議だ。なぜ好きになったか。後付けでもっともらしい理由を説明することは可能だけど。

スマホの通知が鳴る。

ジョーカーの投稿が表示されている。

ジョーカー @jorker_0893
自分に正直になれよ。本当はお前も殺したいだろ?

「アリオ、何を見てるの？　子猫の動画？」

「イーロン・マスクのメッセージ」

「私にも見せてよ」

「あとでリンク送る」

スマホの画面を、深雪から見えない角度に傾ける。

僕は相変わらず、ネットの犯行宣言、自称ジョーカーの発信を追い続けていた。名前のセンス、ダサいなと思いながら。

彼の奇妙な発言は、小規模な範囲でネット上で話題になっていた。

都内近郊で発生した複数の殺人事件について、そのアカウントは、自分が真犯人と自称していた。逮捕された犯人は罪を着せられているだけで無実だと。

しかし、いずれの事件も逮捕された人物は自白していて、多くは物的証拠があった。中には衆人環視の上で行われた殺人もあった。そのため、このアカウントはただ嘘をついているとしか考えられない。

でも、いったい何のために？

その謎を巡り、自称ジョーカーの動機についてネット上では考察が繰り広げられていた。

それだけだったら、僕はすぐに読み流して、タイムラインの彼方に押しやり、記憶から消し去っていたと思う。

そいつは、犯行現場に自分の犯行だと示すマークを赤いペンキで描き、ネット上にアップし続けていた。

問題はそのマークに見覚えがあったことだ。

こんなマークだ。
僕はそれを、深雪には見せたくなかった。

ユリオ

ユリオの直接の死因は溺死《できし》だとされている。

遺体は多摩川の下流で発見された。

僕の父はユリオの死を知り最初に「申し訳ありません」と言った。素朴に死を悲しむより先に、果たすべき社会的義務が頭に去来したようだった。そういう面では父と僕は違う人間なのだ。

もちろん、僕たち兄弟には日頃からうっすらとした自殺願望があった。でもそれだけが死因ではない気がした。

ユリオが死んで、僕は本当に悲しかった。

僕の中でユリオはイノセンスの象徴。ずっと十四歳のまま。完全絶対純粋無垢《むく》な存在。ユリオを思うと自分は惨めだと感じた。

僕の心の中のユリオは僕を軽蔑していた。

たまにユリオの声がした。要するに幻聴が聞こえた。脳のニューロンのシナプス伝達のバグか。かなりリアルに。ぞっとするほど。現実の誰の声よりも僕にはリアルで、すぐ傍《そば》にいるような気がした。

僕の中のユリオは僕に批判的だった。

ときどき、幻肢痛《げんしつう》のように、心のどこかが痛んだ。それはずいぶん厄介な存在で、そんな幻影に、僕はずっと苦しめられて生きていた。

しかし現実には僕はどんどん俗物に近づいていく。

ユリオが死んだのは十四歳。

翌年、僕は十五歳になり絶望した。

三十歳までに死ぬつもりなら、十五歳は人生の折り返し点だった。

*

五歳のとき、両親からヌートリアのぬいぐるみをプレゼントされた。僕たちはそれに〝真心《まごころ》〟と名前をつけた。何かあれば僕たちはそのぬいぐるみを刃物で刺し続けた。当時は大切にしていたし、だから刺す対象に選んだ。僕たちは真心をクローゼットに隠していた。ユリオの死後、最終的に真心は僕がバラバラに解体して処分した。刺していた痕跡を誰かに見られたくなかったから。

僕たちが初めてそれについて確認しあったのは小学三年生のゴールデンウィークだ。覚えている。

「あのさ。アリオは人を殺したいと思ったことはある？」

ユリオは気まずそうに僕にそう切り出した。

「あるよ」

そのとき、僕たちは徹底的に話し合った。僕たちの中の誰かを殺したいという気持ちについて。この欲望と衝動をどう処理するか。

結論は出なかった。


昔からこの世の正常なことに何も興味を抱けなかった。僕たちの興味関心の中心には死が常にあり、それに接近するためにコンテンツを消費した。死と無関係なコンテンツは問題外だった。それは僕たちにとって何の意味もなかった。

例えば僕たちのその頃のお気に入りの一つはハネケの『ファニーゲーム』で、あのくらいの不条理で残酷な死に憧れていた。

殺人犯の思考を追いたいと考えたことがある。

殺人犯が書いた本というのはいくつかある。一番よくあるのは殺人犯本人による自叙伝。それから、殺人犯がその後作家になるタイプ。サドや永山則夫。作家が途中で殺人犯になるパターンもある。バロウズやアルチュセールは微妙なラインだろう。ベストセラー作家のアン・ペリーは親友のポーリーンと共に妄想をエスカレートさせ、やがて母親の殺害計画を練り実行に移し完遂《かんすい》した。他に、殺人を犯し、その後事件を題材にミステリー小説を書いた例もある。クリスチャン・バラ、リシャルド・クリンカーメル、劉永彪。彼らは犯行が発覚し逮捕されるまでミステリー作家として小説を書き続けた。こうした事例が世界に複数存在することを考えると、他にも殺人が明るみに出ていない例はある気がした。

この世には、殺人が発覚しないままミステリーを書き続けている作家がいるかもしれない。本屋の棚の前でそのことをふと思い出し、いったいそれは誰の本だろうと考える。本物を見つけたかった。

正常な思考の人間に共感できなかった。共感できるのは、壊れている人、崩れている人、終わっている人。

しかし、取り繕うことはできた。まあ、嘘は大事だ。嘘なくして人生を生きるのは困難だろう。

もしある日この世が誰も嘘をつけない世界になったら、僕は誰からも相手にされず無視され続け、惨めに一生を終える自信がある。今とあまり変わらないのかもしれないけど。


ともかく、日常生活をあえて壊してまで、その欲望を現実化したいとは思わなかった。僕たちはフィクションを消費することで自分の欲望を慰めた。

だが、やがて物足りなさを感じ始めた。

そこで僕たちは次にフィクションの創作へ移行した。

ヘンリー・ダーガーの真似をして、僕たちは猟奇的な絵物語をノートに描き続けた。僕たちは当時、そのような代償行為に熱中した。

僕たちは人を殺す方法を百一種類考えた。

残虐な殺害方法を考える点に関しては、ユリオのほうが少し才能があるようだった。

「いつかもし本当に人を殺すなら、こんな風に殺したいって方法を考えてあるんだ」

ある夜、ベッドの中でユリオが言った。

「どんな方法？」

ユリオは詳細にその方法を教えてくれた。

僕はその夜、一睡もできなかった。

＊

今も僕はときどき、スクリーンショットで保存してあるユリオの遺書を読み返す。

あのさ
死ぬときは
川に身を投げる
前から決めてたから
もしいつか寂しくなって
僕のことを思い出したら
僕の物を一つずつ川に投げて
そして全てなくなる前に僕を忘れてほしい

あのとき、僕と深雪はユリオを捜して歩いた。

深雪と二人でいるとき、ユリオから遺書がＬＩＮＥで送られてきたから。ユリオがどこの川に飛び込むのか。川という情報から分かることは少ない。都内だけでも小さな川は無数にあり、大きな川となれば捜索範囲が広すぎる。

手がかりは何か。彼の行動を推理する。なぜ遺書を送信したのか。それは僕に自分を見つけてほしいからだろう。

問題は彼がどうして僕に遺体を見つけてほしいと考えたのか、そして僕にどうしてほしいと考えたのかだ。

アップルの標準アプリで彼のスマートフォンを捜した。ユリオのｉＰａｄを僕は顔認証で開くことができた。現代の市販品搭載レベルの顔認証は一卵性双生児の顔を見分けることはできない。ユリオは、僕が彼の端末を開けることを知っていたはずだ。

多摩川に彼の位置情報があった。

僕は、ユリオはもう死んでいると漠然と確信していた。

ユリオの死体を放っておいたら、いつか警察が発見するだろう。それまでに僕はユリオの死体を見つけたかった。

だから僕と深雪は二人で手を繋《つな》いで歩いた。『スタンド・バイ・ミー』みたいに、死体に向かって僕たちは歩いた。ユリオの死体はなかなか見つからなかったから。僕たちは何時間も歩いたのだ。お互い日焼け止めも塗らず、日射しの中を。

そしてユリオの遺体を見つけた。死んだ彼を。太陽に照らされてキラキラ輝く、かつてユリオだった物体を。

深雪が先に見つけたのだ。彼女は僕よりも真剣だったからか。

「死んでるね」

僕と深雪はユリオの顔を指で突ついた。

「死んでる」

そして僕らは顔を見合わせて笑った。

「すっかり安心したみたいな顔で」

「羨ましいな」

「静かで」

「まだ綺麗だ」

「天使みたい」

僕と深雪は、しばらく、ユリオの顔を撫《な》で続けた。


溺死体は悲惨でグロテスクな物になるとの知識があった。だから覚悟していたが、ユリオの水死体は異常に綺麗だった。死んですぐ見つけられたからか、生きていたときよりも美しく見えた。


深雪は彼のポケットから携帯電話を取り出した。

それから彼女はユリオの死体にキスをした。

最後に、僕と彼女で、ユリオの死体を海に流そうと、川の流れに向かって押しやった。

海にたどり着くことはないだろうと分かっていた。それは現実的ではない。ただ淡い願望を込めて彼の死体をもう一度川に押し流した。彼の死体はそれから四・六キロメートル流れ、下流で発見された。

それから僕と深雪は証拠隠滅をした。

一連のことは誰にも言わないというのが、僕と深雪の交わした秘密の約束だった。僕はもちろんそれを守り続けている。たぶん、彼女も。

ユリオの携帯電話を消し去ろうと言い出したのは深雪だ。

それは水に濡れて壊れていたけど、警察が調べれば、データを復旧できる可能性はある。

彼の携帯には、薄暗いことが書かれていたはずだから。彼のそうした独白を、人の目に触れさせたくない。彼の内心を秘密のまま、そっと埋めて葬りたい。僕も同じ気持ちだった。

ユリオが僕にしてほしかったのは、この行為だったのかもしれないと思った。自分の記憶や内面、秘密を消去してほしいと考えたのだと。

そして僕と彼女はかわるがわるユリオの携帯電話をコンクリートの地面に何度も叩きつけてバラバラにし、駅のゴミ箱に捨てた。

その日の出来事は僕と深雪の秘密になった。

後日、発見されたユリオの死体からは母の睡眠薬が検出された。

直接の死因は溺死と判定された。睡眠薬で意識を失ったまま、安らかに死んだはずだと言われた。

本当にそうだったならいいけど。

＊

さて、ユリオの死について、深雪は一つの見解を持っていた。

先日、彼女の大学の学食で僕は改めてその話を聞いた。

その話を聞く間、僕は床の汚れを見つめていた。自分はどうしてこの世の汚さにばかり意識が向くのか、不思議に思った。世界の美しさだけを意識して生きていけたら楽なのに。

「ユリオは、殺人願望と衝動の肥大化に戸惑っていた。自分を殺すことで殺人衝動が他人に向くのを阻止した。彼は自分の殺人衝動を自分自身に向けることにした。つまり彼は、人を殺さないために、自分を殺して、全てを終わらせようとしたんだと思う」

というのが彼女の意見だった。それに僕は同意しないが。

蒼

結局、蒼に誘われていたジーンズ研の新歓には行かなかった。僕はジーンズを一本も持っていなかったし、そのために新しく買う気にもなれず、化繊《かせん》のスラックスで行く猛々《たけだけ》しさも持ち合わせていなかったから。新歓も飽きたし、そろそろ頃合いだと感じた。それで僕はあの日を境に、新歓に行くのをきっぱりやめた。

　数日後、一般教養の心理学の授業開始前、突然、大教室のスライドドアを開けて蒼が中に入ってきた。僕は目を伏せたが、すでに遅かった。蒼は僕の姿を一瞬で発見したようだった。彼女はこちらに迷いなく向かってくる。僕はすぐにノイズキャンセリングイヤホンを耳に挿したが、彼女は隣に来るなりそれを引っこ抜いた。

「見つけた！」

「久しぶり」

「新入生が受けてそうな授業をいくつか探したの」

「それにしても、この大人数の中でよく僕が分かったね」

「いつも同じ服着てるから分かるに決まってるでしょう。それはいつ洗濯してるの？　もしかしてずっと着てる？　ぞっとする……」

「こう見えて同じ服を三着持ってて」

「それはそれで気持ち悪いね」

　そのとき授業開始のブザーが鳴った。講師はまだ来ていない。彼女はそのまま僕の横に座った。

「なんでジー研の飲み会、来なかったの」

「デニムアレルギーなんだよ。アナフィラキシーで、最悪、死に至る」

　蒼は口を半開きにして目尻を下げ、瞬きせず僕を見つめ続けた。

「何、その変な顔？」

「よくそんなに次から次へ、口から出任せの言葉を思いつくなと感心してる顔」

「これが生きがいなんだよ」

「ろくでもない」

呆れた、という表情の蒼をじっと見ていたら、ふと思いついたことがあった。

「さっきからじろじろ見てるけど。私の顔がまだ何か変？」

「いや。ごめん」

変どころか、彼女の顔は異様に整っている。その容姿の整い方はどこか人工的で、現実味がない。まるで写真アプリで加工したような顔。彼女の存在だけが、現実の空間から浮いて見えた。肌も滑らかでつるつるしていて、彼女の顔はＳＮＳから出てきた概念みたいだ。

「君は顔が広いって聞いたけど」

「うそ。そんなに？」

彼女は深刻な顔でしきりに自分の頬骨に手をやるので、僕はきっぱりと否定した。

「比喩《ひゆ》的な意味でだよ」

すると彼女は、理解した、という顔をした。

「ＳＮＳの虚しい繋がりだけなら。なにせ私は美人なので」彼女は机の上に出していたスマホに人差し指で触れた。

「探してる人がいて。友達も恋人もいらない、そういう人がいい。誰かいたら紹介してほしい」

「変なの。そんな人と会ってどうするの」

「友人になってほしい」

彼女は不思議そうな顔をした。僕が理不尽なことを言っていると解釈したらしい。事情を説明した。

「友人のふりさえしてくれればそれでいい。互いに友人関係が必要になったときだけ、その契約を履行する。プライベートの会話はなし」

「プライベートの付き合いがない友人？」

「変に聞こえるかもしれないけど」

そこで授業開始のブザーが鳴った。担当の教授は私語にうるさいタイプだったので、僕と彼女は会話をやめた。しばらくして彼女が、僕との間のスペースに、ルーズリーフを一枚置いた。そこに彼女はボールペンでメッセージを書いた。

――どうして友達が必要？

僕も自分のペンで返事を書いた。にわかに筆談が始まった。

――意地になってるのかも。自分に人間を演じる能力があると証明したくて。

彼女は少し考えるような顔をして天井を見た。

――分かる。私もそういうとこあるから。でも、面倒臭い人間関係は欲しくないし。

僕が黙ってノートを見ていると、彼女はさらにこう書き足した。

――私が友達はダメ？

――全然ダメ。

――私も、男友達がいたほうが便利なケースがこれからある気がして。

——君は嫌だ。絶対に嫌。

——よろしくね。ありがとう！

授業の終わりのブザーが鳴った瞬間、蒼が口を開いた。

「男女の友情は成立すると思う？」

「この世で一番どうでもいい会話の一つだ」

「そんなこと言わないでよ」

「もちろん成立するに決まってるけど」

「だけど？　本当に？」

「たぶん……」

僕はただこの世のどんな形式の友情にも懐疑的なだけだ。

「私は別に信じてないな」

「あ、そう」

「男女の友情も色々あると思うけどさ。つまり……」

僕は彼女の顔色を窺《うかが》いながら、その意味を確定しかねていた。

「私からお願い。いつか恋人のふりをして。一度だけでいいから」

「いいよ」

「ありがとう」

それから彼女は先に教室を出ていった。

スマホのロック画面を見ると、通知が二件。

一つは、ジョーカーの投稿だ。

ジョーカー @jorker_0893
お前の心の中にいつも俺はいる。自分が何から生まれたか知ってるか？

それからもう一つは市堰からで、「飲みに行こうぜ」とメッセージが来ていた。

市堰

夜九時過ぎに新宿のＨＵＢに着くと、市堰はつまらなさそうに飲んでいた。

「市堰は今日どうしてた？」

僕はハイボールを持って彼の前に座った。

「知り合いの女子と遊んだり。アリオ、大学行ってる？」

「それなりに」

「俺は全然。毎日飲み歩いてるし知らん奴とばかり話してる」

「疲れないの？」

「一人のほうがきつい。変なこと考えそうになるから」

「じゃあ、本当に一人できつくて変なこと考えそうになったらどうしてる？」

彼は虚しそうな顔で僕の顔をじっと見た。

「適当に映画でも観るしかないよな」

「好きな映画は？」

彼は少し考えて言った。

「ノーランとグザヴィエ・ドラン」

「古いのは？」

「スコセッシ、フィンチャー、キューブリック」

「お前らしい趣味だと思う」

「ポール・トーマス・アンダーソンとかトッド・フィリップスもわりと好きだよ」

このリストにデイミアン・チャゼルやウェス・アンダーソン、エドガー・ライト、あるいはペドロ・アルモドバルが入ることはあるだろう。しかし今後ゴダールやヴィスコンティ、タルコフスキーが入るかは微妙だ。

昔とはすっかり人生それ自体のテンポが変わり、フィクションの鑑賞態度にもそれは及びつつあった。人類は沈黙に耐えられなくなり、例えば無言のまま延々続く風景の長回しをありがたいものとして受け入れる忍耐力を総体として失いつつある、というのが僕の個人的な現状認識だ。

やがて僕と彼は同時に酒を飲み終えた。

席から立ち、二人でレジに並ぶ。店内が少しずつ混み始めていた。「レッドブルウォッカ」

彼はなんてことのない普通の注文のように言った。

「レッドブルウォッカ？」

「俺はよく飲む。レッドブルとウォッカを混ぜただけ」

「説明しなくても分かるけど……」

「カフェイン過剰なエナドリの覚醒《かくせい》要素と、ハードリカーなウォッカのアルコールの合わせ技でハイになれる」

「不味《まず》そうだけど」

「お前も飲めよ。共に翼を授かろうぜ」

「じゃあ僕もそれで」

二人でグラスを合わせ、それを飲む。

「なんだこれ」

「キマるよな」

「終わってる」最底辺、終わりの味、という感想が湧いた。

彼は二杯三杯と立て続けにそれを飲み、軽く頭がおかしいと思ったが放っておいた。僕は渋い気持ちでラフロイグを自分のペースで飲んだ。

深雪から「何してるの？」というメッセージが来て、新宿で飲んでいると返す。

「アリオは女子口説かないの」市堰が僕に訊いてきた。

「性愛に興味ないから」

「へえ、めずらし」

二人でダーツをして、それにも飽きると、彼は店のソファで横になってさらに酒を飲んだ。

「毎日飲み続けたら早く死ねる？」

「統計的事実としては。アルコール依存症になれば三十年は早く死ねるかもな」

「緩慢《かんまん》な自殺だ」

「それにしては酒は回りくどすぎる。お前は飲みたいだけだろ」

「そうだよ」

彼は空っぽの目で天井を見上げた。

「俺が先に死んだらすぐ忘れて」

「そうな。一瞬で忘れるよ」

「俺とお前、先に死んだほうが勝ちな」

「負けたほうは？」

「勝った奴の言うこと何でも聞く」

どこかで聞いたような理屈だった。

スマホが鳴る。「終電逃したから合流しない？」と深雪からメッセージ。僕は未読無視した。


ＨＵＢを出たとき、自分の終電がギリギリだと気づいていたが、走るのは面倒で不恰好だと感じ黙っていた。

「どうする？」

「僕はもう終電ないから歩いて帰るよ」

「軽くコーヒー飲もうぜ」

「そうしようか」

市堰が、近くにこの時間でもやってるカフェを知っていると言い、二人で行った。

地下の、飴色《あめいろ》の家具が並ぶ、古臭い喫茶店。店奥で女性たちの話し声がしていた。僕と市堰が降りていくと、その集団の目が全部僕たちのほうを向いた。彼女たちは、僕と市堰の顔がそっくりであることに驚いていた。

そのテーブルの一番奥に深雪がいた。

彼女は驚愕した表情で市堰を見つめていた。

市堰も彼女を見つめ返す。

「え？　ユリオ？　いや……違うか」

市堰は困ったように僕を見た。

「あとで説明する」

その後、深雪の大学の同級生の女子が、「二人は兄弟なんですか？」「どこの大学ですか？」「深雪と知り合いなんですか？」と、なぜか少し高めのテンションで話しかけてきたが、僕は全て無視した。市堰は小慣れた感じで話しており、やっぱりこいつ嫌いだなと内心思った。自然と、彼が深雪の同級生に囲まれる形になり、僕は空気と同じような存在になった。市堰はすぐに打ち解け、最終的に深雪の知り合いの女子と連絡先を交換していた。

スマートフォンを開くと、深雪からメッセージが来ていた。

〈どういうこと？　説明して〉

〈他人の空似だよ〉

〈信じられない。知り合いなの？〉

〈最近知り合った〉

〈どういう経緯で？〉

〈知り合いの知り合いなんだよ。また今度話すけど〉

〈今話して〉

深雪がふいに立ち上がって「帰ろうよ」と僕に言った。それで深雪と二人で店を抜け出した。帰り際、市堰が僕の顔を見て、軽く手を振った。そりゃないぜ、と顔で言っているようにも見える。僕は無表情のまま、心の中で謝った。

店を出て、深雪と夜の繁華街を人けがないほうへ二人で歩く。

「よかったの？　深雪は大学の友達置いてきて」

「後で謝るから大丈夫。それより何なの？　あの人は何者？」

僕はこうなると誤魔化すのも面倒臭いので、蒼と出会った経緯、彼女から市堰を紹介された顚末《てんまつ》を要点だけ説明した。

「変な話」

話を聞き終えると、深雪は落ち着かない調子で言った。

「私、一瞬、ユリオが生きてて、私たちの前に急に現れたのかと思っちゃった。遠目で見たら、本当にそっくりだったから」

そんなことは現実にはありえないけど。

「僕も最初少しそう思った」

実際、市堰はそれくらいユリオに似ているのだ。あるいは僕に。

だから、喫茶店で僕と市堰と深雪が一緒にいたとき、一瞬、中学生に戻った気分になったくらいだ。

六月

二十歳の男がナタを振り回し三人を殺傷

　上野駅近くの繁華街で二日深夜、二十歳の男子大学生、三浦豊容疑者がナタを振り回し三人を殺傷。警視庁は殺人と殺人未遂の疑いで現行犯逮捕した。
　調べに対し「誰でもいいから殺したかった。死刑になりたかった」と供述している。

二〇三六年六月三日（M新聞）

蒼

　ふと思い立ち、平日の二時間目、履修の組み合わせがうまく行かず授業のコマが空いていた時間帯を使って、僕はサステナブルファッション研究会のサークル棟に行った。

　中に入ると、神経質そうな男が一人で整理収納術の本を読んでいた。

「あ、入会希望？」

「それはまだ迷ってるんですけど。実は訊きたいことがあって」

「久しぶりだね。どうしたの？」

　不思議に思いながら彼の様子を改めて確認する。彼は生成《きな》りのシャツにオフホワイトのチノパン、白いキャンバススニーカーを履いてチープカシオを腕に巻いていた。ここまで無印良品の店員みたいな趣味の男が知り合いにいた記憶はない。しかし、別のサークルの飲み会で連絡先を交換して即ブロックしたあの気弱な男だと、数瞬《すうしゅん》遅れて気づいた。

「君、なんか雰囲気変わったね。良い感じだと思うよ」

「ありがとう」

彼は照れたように人が良さそうな笑みを浮かべた。

彼と雑談しながらサークル棟で待っていたら、やがて先輩たちがやってきた。

そこで僕は先輩から、あることを聞いた。

蒼に関することだ。

彼女の行動は僕が想像していたとおりだった。

問題は、なぜ彼女がそんなことをしたかだ。


結局、本人に訊くのが一番早いと思った。

その機会は意外に早めに巡ってきた。その日の夜、大学の七時間目の授業終わりに教室の外に出ると、別の授業を取っていたらしい蒼と鉢合わせをした。「友達ならお茶くらいご馳走してよ」という謎理論を展開され、一つも納得いかなかったが、カップの飲み物を買い、ベンチでしばらく雑談した。時間は夜の九時過ぎで、空は暗かった。

「アリオは休みの日何してるの？」

「気の合う仲間たちと豊洲でグランピングかな。君は？」

「中目黒のタワマンで連夜ホームパーティ三昧《ざんまい》って言えば許してくれるの？」

彼女はため息をついてうんざりしたように僕を睨んだ。僕は彼女を真顔で見返した。

「……何？」

「君はあのとき、元から僕に話しかけるつもりだっただろ」

僕は急に深刻な口調で彼女に訊いた。蒼は僕の様子に少し戸惑っていた。

「なんのこと？」

「今日、サスファ研で聞いてきたんだ。君が、僕を捜していたこと」

蒼は新歓ブースに来るなり申し込み名簿で僕の名前を捜し、それを見つけてから自分も申し込んだとサスファ研の先輩は言っていた。「彼女は君のことが好きなのかな」と彼は言っていたが、そんな風には思えない。僕が何者かを彼女は知っていて、意図的に近づいてきた。だとしたら彼女は何が目的だろう。

「いつから僕を？」

彼女は、仕方ない、という顔で説明を始めた。

「最初から、私はアリオを捜してた。私は、アリオがこの大学にいることも、名前も顔も知ってたから。あとは難しくない。新歓で知り合った子に、クラス名簿の見せ合いっこを持ちかけて。ほら、ふざけた文集みたいなの配られたでしょう。あなただけ、自己紹介にほとんど何も書いてなかったけど」

そういえば、大学の始めの頃、そんなものがあったと思い出す。

「あれであなたの学部が社会学部であることが分かり、あとは新入生の参加が義務のオリエンテーション会場の前で待ち伏せして、尾行しただけ」

四月、何度か感じた気がした視線は、蒼のものだったのかもしれない。

「新歓ブースであなたが新歓参加申し込みの名簿に名前を書いたのを見て、あなたの偽名が分かった。あの連絡先自体はたぶん嘘だと思うけど」

彼女の言うとおり、僕は偽名と嘘の連絡先を使用していた。

「あなたはいつも同じ偽名を書いていたから、直近で新歓をやりそうなサークルで、あなたの名前の書き込みを見つけるだけでよかった。いったんそのやり方さえ見つければ、手間はかからない」

「なるほどね」

僕はさすがにそこまでの警戒心を持っていなかった。彼女のような人間の存在を想定していなかったのだ。

「あとは簡単。あなたの新歓での行動を観察した。あなたは誰とも打ち解けようとせず、サークルに入る様子もない。だから、あなたが別の目的を持って行動していると気づいた。例えば無銭飲食目的とか。そこから先は単純。新入生参加無料の新歓をリストアップして、その全てに顔を出しただけ。もし複数の新歓が同時開催されていても、顔を出してあなたがいなければ別の新歓に移動すればいいだけだったから」

「どうして、そうまでして僕に近づいたの？」

彼女はそれに答えず、急に気まずそうな顔をしたので僕は察した。

彼女の中に動機はない。動機は彼の中にあるということ。

「市堰が僕と知り合いたかった。君はそれを手伝っただけか」

僕が言うと、彼女は渋々といった調子で「そうね」と同意した。

「でもどうして市堰は、僕と知り合いたかったんだ？」

そのとき、蒼のスマホが鳴った。画面に市堰の名前が表示されている。

「本人の口から聞いて」

蒼は困ったように言った。僕は市堰の着信表示を、何も考えずにしばらく見つめていた。

市堰

市堰の電話に出ると、全然知らない女の声がした。

「もしもし？　あなたは誰？」と彼女は言った。

その彼女の話によれば、市堰はうんざりするくらいに酔っており、二人きりでいるのが面倒臭くなったので、誰か一緒に飲める相手を追加するため市堰本人に電話をかけさせたが、彼は直後に寝た。

面倒臭いし無視したかった。相変わらずＨＵＢで飲んでいるらしい。

僕はうんざりした気分で、市堰がいる池袋に電車で向かった。

店内では市堰がテーブルに突っ伏して寝ていた。横にどこかで見た気がする桜色のニットワンピの女子がいた。

「彼、酔い潰れてて」

「君、誰？」

彼女は深雪の知り合いで、先日、地下の喫茶店で僕と会ったと言った。

「あと、よろしくお願いします」

彼女は不思議と市堰をそこまで嫌がっていないように見えた。

「あのさ。君、訊きたいことがあるんだけど」

「なんですか？」

「こないだの夜、あの喫茶店のこと、ＳＮＳにアップしてた？　店名とか」

「さあ。よく覚えてないけど、たぶん、ストーリーズとかに」

「なるほどね。あと君は深雪とＳＮＳで繋がってるよね？」

「一応は」

「ありがとう」

僕は自分の中の小さな疑問が解消され、満足すると同時に少しため息をついた。

「じゃあ、あとは任せます」

「君が面倒見ればいいだろ。仲良いなら」

「私、帰ります」

交渉の余地はなく彼女は去り、後には酔い潰れた市堰が残った。

「起きろ」

彼を無理矢理立たせた。タクシーに押し込み、迷ったが、僕の部屋に連れていった。支払いは彼の携帯のＳｕｉｃａで済ませた。

彼は部屋に入るなりトイレで吐き、僕はうんざりした。彼を床に寝かせ、毛布をかけ、電気を消して寝た。彼の気配が鬱陶しそうだったので、睡眠薬を多めに飲んだから、いつもより簡単に眠れた。

　翌朝、僕が差し出したマヨネーズをかけた生食パンを見て、「これは酷い」と彼は言った。

「嫌なら食うな」

　彼は心底不味そうにパンを口に入れた。

「一生忘れられない味。たぶん刑務所のほうが良い匂いがする飯だよ」

　同感、と思いつつ常温のボトルコーヒーを透明の使い捨てコップに注いで渡した。

「よくこんなコーヒー飲めるね。お前の味蕾《みらい》細胞、全部死滅してんじゃないか」

「文化的な生活を送りたくないんだよ」

　彼が煙草《たばこ》を吸おうとしたので「外で吸え」ときつく言った。

「窓際ならいいだろ」

　彼は空き缶を灰皿にして、網戸越しに煙草を吸い始めた。

「しかし暇だな」

「帰れよ」

　そう言っても市堰は僕の部屋に居座り続け、煙草を何本も吸った。

「あのさ。お前、何か僕に言うことないわけ？」

「何が？」

「ないならいいよ」

　それでも彼は黙ってしばらく何か言いにくそうにしていた。

やがて彼は意を決したように口を開いた。

「冗談みたいな話なんだけど――」

「たまには真面目な話もしてくれよ」

と僕が言うと、彼は再び黙り込んだ。

「まあいいよ。それで?」

「俺、自分の本当の父親を捜しててさ。だから、アリオに近づいたんだ」

彼は無表情だった。少し混乱しながら僕は疑問をぶつけた。

「お前は理由があって意図的に僕に近づいてきた。そもそも、どうして僕を知っていたんだ?」

「もちろん、樋渡ユリオの事件だよ」

当然、それが一番可能性が高いと思っていた。

「あの事件のとき、強烈な印象を受けた。彼の顔が自分と似ていたから。不気味だなと。ただ、当時はそう思っただけだった」

「それで?」

「今年の三月、俺は自分の父と血の繋がりがないと告知された。父親の生殖機能に問題があったから、俺は精子ドナーから生まれたらしい」

彼は煙草の煙で輪っかを作りながら話した。

「もちろん、育ててくれた父親には感謝してる。ただ、遺伝上の父親に会いたい気持ちが芽生えた。自分のルーツを知りたかった。当時、不妊治療を担当した小山《こやま》という医師にも会いにいったんだ。だけど精子ドナーの記録は破棄していて分からないと。それで話は振り出しに戻った」

「なるほど」

「そのとき、樋渡ユリオの顔を思い出した。自分と似ている男の顔。彼と自分の遺伝上の父が同一人物である可能性について考えた」

「ユリオの実名、顔写真は報道されていないはずだけど」

「でも週刊誌やネットには流出していた。知ってるはずだ」

「まあね」

「当時、有名な事件だったから」

ユリオの顔写真はネット上に出回っていた。元は週刊誌が報道した写真だ。

「僕のほうはSNSから痕跡を消したはずだけど」

ユリオの事件発覚後、僕のアカウントにアクセスが集中することは予期できた。僕がユリオの兄だという事実は、どこかからは必ず漏れ伝わる。だから僕はすぐにネット上から自分の情報を全て消去した。

「ユリオに双子の兄がいたことはすぐに分かったよ。ユリオに関する情報はネットでやり取りされていたから。あの事件関係のコミュニティも、LINEのオープンチャットとか、半ばクローズドなチャットに複数存在していた。俺はアリオの情報を集め始めた。アリオのプロフィール、通っていた学校、進学先も。ネット上に情報は全て出ていたから。お前の大学が分かれば、あとは行動に移すだけだった」

いわゆる〝人肉検索〟と呼ばれる個人情報特定手段だ。要するに、不特定多数の人間が現実の情報を収集してネット上で共有し、個人情報を特定するというやり方。僕はある時点からそのターゲットになっていた。

でも説明を受けても、市堰が自分から僕に直接近づかなかったのはなぜなのかという謎は残った。蒼を経由して僕と知り合う必要性がどこにあった？　目的に対して回りくどすぎる。別に市堰が最初から僕と親しくなればいいだけなのに。

「ぞっとする話だけど、まあいいよ。それで市堰は、僕の父が自分の遺伝上の父親かもしれないと考えているってこと？」

「その可能性を疑ってる」

とりあえず表面的な筋は通っている気はした。しかしまだ何かが伏せられているという漠然とした感覚は残る。

「分かった。他に何か隠してることはない？」

「最初に謝る。ごめん」

「何？」

「俺はすでに、無断でアリオのDNA鑑定をした」

「どうやって？　……いや、そうか」

「最初に出会った夜、お前は先に帰っただろ。グラスから唾液を採取した。もちろん、本来は口腔《こうくう》内の組織を採取するのが望ましい。そのほうがDNAを採取できる確率が高いから。だがグラスの唾液でもDNA鑑定は可能だ。もしDNAの採取が成功しなくても、親しくなれば他の方法でＤＮＡ鑑定に必要な物を入手することはできると考えた」

「結果は？」

僕が訊くと、市堰はポケットから無造作に四つ折りにした紙を取り出し、フローリングの上に広げた。そこには僕と市堰のＤＮＡ鑑定の結果が書かれていた。それを読んで僕は困惑した。どう受け止めていいのか。書かれていることが事実であれば、僕と市堰は遺伝的には異母兄弟ということになる。

「アリオの父親が、俺の遺伝上の父親かもしれない」

その可能性もある。僕の父が精子ドナーだったなど。だとしたら、父は家族に相談せずドナーになったのだろうか。それとも、子どもである僕とユリオにだけそのことを伏せていたのか。他の可能性も考えられる。例えば、僕の母が不倫していた男の子どもが僕で、その男が市堰の精子ドナーだった場合などだ。

「事実を確認したいな。どうしようか？」

「お前の父親の何かを貰えるだけでいい。ＤＮＡ鑑定に使える物だ。今送ったウェブページに使える物の一覧が載ってる。例えば煙草の吸い殻とかガムとか歯ブラシとか」

「分かったよ」

ページを見る。ＤＮＡ鑑定に使用できるものにはいくつも種類がある。例えば髭剃《ひげそ》り、チューインガム、血のついた絆創膏《ばんそうこう》など。そんな方法があるなんて正直知らなかった。

市堰から送られたページを無表情でスクロールしているとき、ふと、前から気になっていた別の疑問とそれが結びついた。

僕の知らないＤＮＡ鑑定手段がいくつか存在するのと同じように、鍵を複製するのにも、自分が知らない手段があるだろうか。

〝鍵　複製　写真〟

そのワードで反射的に検索すると、写真を撮影して送付するだけで鍵の複製が可能なサービスが出た。調べた限り、僕の家のような古いアパートなら、簡単に複製可能なはずだ。

だとすると、可能性の問題として、彼らは僕の家の合鍵を作成可能だった。

蒼が僕から鍵を一時的に奪った瞬間、写真を撮影し画像データを業者に送付すれば、合鍵の作成は容易だったはずだ。可能性としては。そうすれば、僕の家に忍び込んでＤＮＡ鑑定用の試料が回収可能だった。しかし結局その手段は実行されなかったというだけ。

もし僕が協力的ではなくても、いつでもＤＮＡ鑑定ができるようにしていたのだとしたら。

気味が悪くなって、思わず市堰を見る。彼は何食わぬ顔で煙草を吸い続けていた。

彼と蒼は信用できないかもしれない。

＊

それにしても不思議な話だ。

樋渡佑《たすく》。

僕の父親は精子ドナーになるような人間だろうか。

彼の人となりを思い出す。最近会っていない。久しぶりに顔を思い浮かべる。オリバーピープルズの眼鏡をかけた平均顔の中年男性。

彼は少なくとも、自分にとってメリットがはっきりしない行為を理由もなく行うような人間には見えない。僕の前で父が利他的な行動を起こすホスピタリティに溢れる人間だったことは一度もない。

仮に彼が精子ドナーになったとすれば、何か狙いがあったはずだ。

しかし精子ドナーになることでしか達成できない目的って何だ？

経済的なメリットはない。精子ドナーは無報酬か薄謝《はくしゃ》が基本。

父には変態的な欲望や妄想的な願望があり、それを達成するための手段として精子ドナーになった？　さすがにあまり自分の父親の変態性欲に思いを馳せたくないので、僕はそこで思考を放棄した。

僕の血液型はAで、父はABで母はAだ。何か問題があるわけではない。

ともかく、事実関係が分かってから再度考えることにする。

ちなみに現在、うちの両親は離婚を前提に長らく別居している。再会する機会はそうあり触れてはいない。

父親から黙ってDNA鑑定のための試料を入手できる可能性がある直近の予定、それが次のユリオの法事だった。

ユリオ

母へのメッセージはなるべく自動化していた。

ＬＩＮＥは自動送信できないということになっているが、実際には少し工夫をすれば実行可能だ。ＬＩＮＥグループを使用したり、非推奨のツールを使用せず、ｉＰｈｏｎｅの標準アプリを使用するだけで設定できる。

僕は月に一度、自動的に母へメッセージを送信するように設定していた。

だが返信は自動化が難しい。

〈あんた、今度ユリオの法事あるから。もちろん家族だけでやるけど。帰ってきたら？〉（昨日　午前10：36）

〈分かったよ〉（午後4：19）

必要以上に好かれたくない相手との会話は匙《さじ》加減が難しい。母と適度な距離感を保つためには、これくらい雑でいいというのが個人的感覚だった。

＊

実家のマンションで行われたユリオの法事は退屈だった。退屈ではない法事などそうはないだろうけど。

日本人の大半は自分のことを無宗教だと無意識的に了解している仏教徒だ。葬式は仏僧に頼み、祝祭は神道、結婚式はキリスト教式。宗教をファッション的に消費している。

日本では、心から宗教を信仰する人間は少数派で、それは儀式でしかない。

何かを信じないということにおいては、若い世代のほうが徹底化は進んでいる。

宗教だけでなく人は何も信じていない。無意識では、理念的なものを嫌悪している。それでいて、信じているふりをすることには熱心だ。みんな、取り繕うのはほどほどにうまい。

それにしても、法事で泣いてしまったのは恥ずかしかった。例の、悲しくもないのに突然涙が止まらなくなるやつだ。酷いタイミングだった。おかげで僕は、ユリオの死を忘れられず悲しくて泣き続けている学生になってしまった。「あの子は繊細な感受性を持っているから」と母は言った。僕は実際は、僧侶の呪文と木魚《もくぎょ》のリズムに乗って、心中で低次元な罵詈《ばり》雑言《ぞうごん》と呪詛《じゅそ》を唱えているような感性の持ち主なのだが。しかし、母の話を遮って「僕は悲しくて泣いているわけではなく、実は全然一つも悲しいとか思っていないんですよ」と言うわけにもいかない。仕方なく、僕は悲しさを演じ続ける羽目になった。

「あなたがそんなに悲しんでいたなんて、未だに……実は私もずっと考えていたの、最近」

実家のマンションの僕の部屋は微妙に居心地が悪く、部屋の隅に積もった汚れが目について落ち着かない。

居間では両親が母方の祖父母と会話していた。まだ何か話すことがあるのは驚きだ。僕と両親の間にはすでにない。おそらく未来永劫《えいごう》ないだろう。共通の話題も、分かち合える感情も。あるのは断絶感だけ。父と母は僕を半ば諦めていた。そのことについては心から感謝していた。僕の家族はもう終わったあとなのだ。

両親や祖父母が過去に性行為を行っていたという事実を想像すると、それは恐るべきことだという気がする。

両親が死んだら、僕は気が楽になり、生きやすくなり、死にやすくなるだろう。

＊

ユリオの死後、父と母は各々、淡々と家の外に愛人を作った。

父方の祖父は会社勤めで祖母は専業主婦。二人から生まれた父は幼稚舎からK大附属へ。父の佑は在学中に先輩に誘われて起業。その会社をバイアウト後に引き続き役員として勤務。佑と母の安奈《あんな》は六本木の何か浮ついたパーティで出会った。会社経営者の娘として生まれた母の安奈は、容姿が悪くなく大学はMARCHを出ており、パートナーとしての妥当感が強かった。父には自らの優秀さを証明したいというマインドセットがあった。仕事や人生、家庭生活はその手段でしかなかった。

二人にとって、家庭内が失敗していることが、その外に救いを求める運動の必然性を支えていた。僕に言わせれば、人は決して救いを手に入れることはできず、それを求める運動自体にだけ、それに似た何かが存在する。二人はその前提となる失敗を必要としていた。そういう意味では二人は似た者夫婦で共犯関係だった。

人は幸せにはなれないが、幸せになろうとすることはかろうじてできる。家庭内に不幸が存在することで、ここではないどこかへ向かおうとすることができるから。

僕は時々、自分は違う人間として生まれたかったのかと考える。結論としてはそうでもない。異なる親から自分が生じていたとしたら。もう一度遺伝子ガチャを引き直せば、確率的に考えれば今より馬鹿になる可能性が高い。そのようなリスクを引き受けるくらいなら、多少の問題は甘受《かんじゅ》していいとすら思える。そしてもちろん言うまでもないが、今の僕を形成している要素の大部分が遺伝子なので、遺伝子が変われば違う人間になる。僕はそいつが嫌いだろう、他の誰とも同じように。そういうわけで、生まれ直したいとは思えない。そもそも、願わくば僕は生まれてこず無のままでいたかった。別に願わなくてもいずれは誰もがそうなるけど。

＊

法事で、父親が弁当を食べる際に使用した割り箸を、DNA鑑定のための試料として採取した。それからついでに母親のぶんも。

当たり前だが箸は一膳《ぜん》で二本ずつある。

念のため、父と母のDNA試料は市堰に渡すだけでなく、僕のほうでも自分のものと共にDNA鑑定に送付するつもりだ。

鑑定の結果、父子に遺伝上の血縁関係がないと判明する事例は多い。これまでの経緯を考えると、一応確認したいと考えた。

ＤＮＡの親子鑑定をしてくれる民間機関はネット上にいくつか存在し、簡単に鑑定を受けることができる。民事訴訟などに有用だからか。

僕の父親は本当に市堰の精子ドナーなのだろうか。


それから、法事で実家に帰ったのは、ユリオのことを調べたかったからでもある。

僕はユリオの荷物が入った段ボールを開梱した。箱の奥から、ユリオがよく遊んでいたゲームが出てきた。懐かしくて、僕はゲーム機のケーブルを捜し出し、そのゲームを起動した。

彼が最後にプレイしていたセーブデータを再開すると、全裸の男が何か叫びながら自分の腹部に包丁を刺し続けていて、僕は苦笑した。

＊

当時、ユリオと人を殺すゲームをよく一緒にやった。二人で人を殺すのが楽しかった。

ユリオがあるとき、ゲーム内で奇妙な行動をしたことがあった。具体的には、壁に向かって飛び跳ね、体当たりしながら服を超高速で着脱しつつ、自分の腹部をナイフで滅多刺しにしながら、奇声を上げ始めたのだ。

「どうした？　もしかしてこれがお前の願望？　秘められし」

「違うよ。イースターエッグを出そうとしてる。これが条件なんだ」

「イースターエッグ？」

画面内に突然メッセージが表示された。英語だ。プロポーズだ。誰かが誰かに結婚したいと申し込んでいる。

「隠しメッセージ。開発者が遊びで仕組むんだ。特定の行動をすると表示される。通常ではない特殊な行動がトリガーになることが多い」

「それがなんでイースターエッグって言うんだ？」

「復活祭で、飾りをつけた卵を色んなところに隠して、子どもに捜させるんだ。宝探しゲームの宝。そこから転じて、ユーザーに隠しメッセージを捜させるから、イースターエッグ」

「へー。よく分からないけど、なんか幼稚だな」

昔はウィンドウズなどのOSや、業務用ソフトにもイースターエッグが隠されていたらしい。一九八〇年代に発売されたファミコンのゲームに、卑猥《ひわい》なメッセージや同僚への辛辣《しんらつ》な悪口が隠されていたことが、現代になりROM解析で判明した例もある。

「もし神様がいるなら――」

とユリオは最後に宙を見て言った。

「この世界にも何かイースターエッグを仕込んでいるのかも」

「そこにはなんて書いてある？」

「どうせくだらないことが書いてあるんだよ。下ネタとか悪口とか愚痴。イースターエッグは意味のないことが書かれているものだから」

「そんなのが見たいのか？」

「見たいよ」

「今度学校始まったらやってみる？　奇声上げながら全裸でナイフを振り回す」

「二人で？」

「そうな」

でもその約束は果たされなかった。それを実行する前にユリオが死んだから。

＊

さて、そのゲームの中で、ユリオのキャラを使用し、ひたすら包丁で自分の腹部を刺し続けながら、ふとセーブ画面を確認したら、そのセーブファイルのタイトルにテキストメッセージが仕込まれていることに気づいた。

〈深雪に気をつけろ〉

ユリオは僕に何を伝えようとしたんだろう？

渚

法事の帰り、野崎さんの部屋に寄った。

彼の部屋は僕の実家のマンションの最上階にある。

このマンションは、アクセス権限のあるICカードキーをエレベーター内の読み取りパネルにタッチしないと目的の階には行けない。それか、インターホンで入居者を呼び出し、部屋から操作して開けてもらうことで、アクセス権限が付与される。マンションのエレベーターは下層階用と上層階用にそれぞれ分かれている。オートロックはエントランス前とエレベーター前に二つ存在し、そのすぐ手前にインターホンが存在する。

僕は野崎さんの部屋番号を押してインターホンを鳴らした。

すると、出たのは渚さんだった。

「はい?」

僕は少し意外に思った。

「あの。僕です。お久しぶりです。樋渡アリオ」

「ああ……」

渚さんはそう言ってインターホンを切った。同時に自動ドアが開く。上がってこいという意味らしい。僕はエレベーターに乗り野崎さんの部屋に向かった。

ドアノブに手をかけると鍵が開いている。もちろんドアロックもアプリ操作で開くようにはなっている。うちの実家や深雪のかつての家と同じように。しかし僕はそのとき一瞬過去を思い出して気味が悪くなった。ドアを開けた先に何か惨劇が広がっているような予感がしたのだ。

現実にはそんなことは起きなかった。ただ渚さんがいただけだ。

「久しぶり」

渚さんは荷物を段ボール箱に詰めていた。

渚さんは大学院生だ。薄く染めた暗い色のショートの髪、ノームコアなメンズ服と綺麗めのレディース服をミックスして着こなしている。目元に泣き黒子《ぼくろ》。理知的な眼差し。

「荷物の回収ですか？」

「三年も一緒にいれば、それなりに」

渚さんは黙々と、自分の荷物を段ボール箱に収めていった。

「野崎さんは？」

「さあ？　昼までいたんだけど。一緒にいるのが気まずいのか出ていった」

僕は何か話しかけようとして、今更だけどふと気になって質問した。

「渚さんは何を研究しているんですか？」

「前に少し話したと思うけど。ゲノム解析の研究をしてる。あまり面白い話じゃないよ」

「遺伝子に関する？」

「そうね。どこまで知ってるか分からないけど。人間のＤＮＡは約三十二億の塩基対でできていて、その塩基にはＡＴＧＣの四種類が存在する。これらの組み合わせにより個体としての人の特徴が形作られる。私が研究しているのは、それらが具体的にどんな意味を持つか」

「それが分かるとどうなるんですか？」

「既存の遺伝子改変技術と組み合わせれば、人間の能力を自由に改変できるようになるかもね。ちょうどゲームのキャラメイクみたいに」

渚さんは部屋の隅のゲーム機を指差した。

「簡単に特徴を変えられる時代が来るかも。身長を高くしたり、胸を小さくしたり」

「するとどうなるんですか？」

「外見で言えば、同じような顔、同じような体型の人間が量産されるのかもしれない。人が美しいと感じる顔のバリエーションは少ないから」

「気持ち悪い」

「まあそんなＳＦじみた世界が到来する頃には私は死んでる」

「自分が死ぬ頃までには実現していないことは考える意味がない？」

「そんなこと思っているわけじゃないけど」

それから僕は、本当に訊きたかったほうの質問をした。

「それで、野崎さんとどうして別れたんですか？」

「説明が必要？　いつか終わりが来る関係性を今終わらせただけ。人はいつか死ぬし、それより先に性的に死ぬ。それが事実だから。そろそろ、信頼できるパートナーを探さないと。別に嫌いになったわけでも喧嘩したわけでもないよ」

「もう会えなくなるなんて寂しいです」

「そうね。私も少し寂しい」

渚さんは僕をじっと見た。

「本当ですか？」

彼女は理解を拒絶するような顔をしていた。

「渚さんと野崎さんはどうして仲良くなったんですか？」

「研究室のOBで、たまに研究の相談に乗ってもらっていたから」

「ちなみに野崎さんって、何の研究してたんですか？」

「自分で調べてみたら？　検索したら読めると思う」

確かにそう言えばそうだ。分かりきっていることを訊いてしまって少し恥ずかしくなる。

「またいつか会えたらいいですね」

「私は医者だから、会えないほうが幸せだと思うよ」

それから渚さんはスマホを取り出して最後に何か操作していた。

「何してるんですか？」

「アプリで合鍵のアクセス権限貰ってたから。それを返却してるだけ。便利だけど少し情緒ないね」

そして渚さんは一人で部屋を出ていった。

オートロックの鍵が自動で閉まる。


残された僕は野崎さんの部屋で一人になった。

別にそれは珍しいことではない。今までも何度もあったことだ。その程度には野崎さんも僕を信頼していた。あるいは、彼がそのように振る舞うからには、見られてまずいようなものがもしあるとして、たぶんこの部屋にはないだろう。

それに、わざわざ人が隠していることを見たいかどうか。野崎さんの心の闇なんて、僕はあまり覗きたくない。

暇潰しにスマホで野崎さんの博論を検索する。題名は『犯罪行為と相関性が高い遺伝子の最新の検討』。凶悪で重大な犯罪行為と相関性が高い遺伝子を有した人間が、現実に犯罪行為を犯す確率について。

遺伝的な親子の暴力犯罪の一致率は高い。一卵性双生児は、片方が凶悪犯罪を犯した場合、もう一人が同様の犯罪を犯す確率は四割程度。そして殺人に相関性が高い遺伝子を持った子どもは、平均より殺人犯になりやすいというのがこの論文の主旨だ。

一卵性双生児の殺人犯で有名なのは六〇年代イングランドのギャング、クレイ兄弟だ。映画で彼らを演じたトム・ハーディの顔を僕はふと思い出した。

双子を対象とした研究では、異なる環境で育った一卵性双生児を調査し、ある特定の遺伝子が凶悪犯罪と相関性が高いとされている。一卵性双生児は、たとえ環境がまったく異なる場合でも、同じ犯罪を犯す確率が高い。

だとしたら、僕という存在はどうなるんだろう？

窓ガラスの外では雨が降り始め、低気圧のせいか少し頭痛がした。特に明らかな理由もなく、心が少しざわつく。

ノイズキャンセリングイヤホンを耳に挿した。心を落ち着けるために。

リビングテーブルの上に別荘地のパンフレットがあった。無駄を省く野崎さんらしくない。今どき別荘なんて、時代に逆行している。それも場所はニセコだった。遠過ぎるしベタ過ぎる。

成金みたいだ。そんな所に別荘を買っても、一生のうちに何回行くことになるのか。しかし、結局、彼は金が余っているのだろう。

適当にテレビを観て野崎さんの帰りを待った。

録画のＨＤＤに『映像の世紀』が未視聴のまま残っていたからそれを再生した。人類史とは虐殺の歴史なのかもしれない。人は簡単に人を殺す。普通の人でも誰でも、状況が揃えばいつでも。

野崎

夜、野崎さんの帰宅後、Uber Eats でウルフギャング・ステーキハウスの弁当を頼んで二人で晩飯を食べた。

「ニセコに別荘買うんですか？」

「ああ。そろそろアーリーリタイアでもしようかなと思って。終《つい》の住処《すみか》にするんだよ」

彼が表情を崩さず言うので、それが本気なのか冗談なのか分からず、反応に困る。

「それにしてもなんでニセコなんです？　イメージでふわっと言ってませんか？　たぶん生活不便でしょう」

「最終的に元の所有者が三百万円弱、値引きしてくれたから。買うためのちょうど良い言い訳になった。それに、子どものとき、夢だったんだよ。雪が見えるコテージで余生を送るのが」と、抑揚のない声で言うので、どこまで本気なのかよく分からなくなる。

野崎さんは、最初のパートナーの死後、誰とも結婚していない。贅肉《ぜいにく》がなく引き締まった筋肉。澄んだ瞳。綺麗な肌。高潔な精神。幻想のような五十代男性。

テレビをつけると少年犯罪のニュースをやっていた。犯人は「誰でもいいから殺したかった」と供述している。

「誰でもいいなら、もっとうまく殺せる気もするけどな」野崎さんが呟く。

「どうやって？」

「そうだな。日本の法律で、例えば人を故意に脳死にさせたら、殺人罪は適用されると思うか？　日本では法的に、脳死は死ではない。臓器移植を前提として法的な脳死判定が行われるとき、例外的に、脳死を死として扱う。つまり、他人を故意に脳死にするだけでは殺人ではないかもしれない。身内の人間を脳死にして生命維持装置を動かし続ければ、それは殺人ではないのでは？　脳死の人間を法的に死んでいると特例的に判断して、臓器を摘出するとき、本当に人を殺しているのは誰なんだろう？」

「ディベートの議題としては面白いですけど、なんとなく、現実的には殺人罪になる気がします。そもそも、どうやって人を脳死にするんですか？」

「気になって、こないだ、人工知能チャットに訊いてみたんだ。人間を確実に、もしくは高い確率で脳死にすることができる手法があったら教えてほしいって。そしたら『そんな非倫理的なことは答えられない』って言われたよ」

僕は、野崎さんに訊いてみることにした。彼なら変なことを言ってくれるかもしれないと思ったから。

「人を殺してはいけないと思いますか？」

「今ここではね。だけれど、別の場所ではそれが肯定されることもある」

「確かに」僕の脳内で、昼間に見た映像がフラッシュバックした。

「俺が思うに、少なくとも、他人を殺してもいいと考えている人間は、自分が殺されても仕方がないんじゃないかな」

「それは理屈としてはそうかもしれないですね」

「結局、人を殺してはいけない絶対的な理由なんてない。それは自分で決めることだ。誰かに押しつけられていい問題じゃない」

「もし殺したくなったら？」

「殺せばいい。君を尊重する。手伝おうか？」

「いやいや」

「冗談だよ。笑えない？」と彼は真顔で言った。それから「もしアリオが人を殺しても、俺は会いにいくよ。そして何か差し入れる。『ソドムの百二十日』とか」と付け足した。

僕はそのとき、野崎さんに不思議に思っていたことを訊いた。

「なんで僕に優しくしてくれたんですか？　あのとき、最初、僕を庇ってくれたのはどうして？」

「その質問に真面目に答えようとすると、秘密を話さないといけない」

「秘密？」

彼は目を落として大理石のテーブルを見つめた。

「話す気はないよ」

「分かりました」でも僕は何か納得できない気持ちを抱えていた。

彼の視線につられてテーブルに目を落とすと、睡眠薬が転がっている。昔、野崎さんは「俺は夜眠るのが下手なんだよ。寝つきが悪いし眠りも浅い。夜は過去の嫌な記憶を思い出すから」と言っていた。野崎さんは睡眠薬が手放せないみたいだ。それは別にいいのだけど、一応医者のくせに、酒で睡眠薬を流し込んで眠るのは、間違っているだろうと思う。しかし僕は特に何も言わなかった。そういうことを注意するような関係性ではないと思っていたし、間違っている人間は嫌いではなかったから。

「お前、終電過ぎてるけど」

「気が向いたらアパートに歩いて帰ります」

「あのな。何時間かかるんだよ」

「二、三時間でしょ」

「同じマンションなんだから実家帰ればいいだろ」

「いちいち経緯の説明が面倒臭いから」

結局その日は、酒を飲みながらゲームしてるうちに眠気が来て床で寝た。

カーテンの下から入り込んできた日の光に気づいて薄目を開ける。毛布がかけられていて、野崎さんが出勤していくところだった。僕は寝たふりを続けながら野崎さんを見送って、彼がいなくなってからシャワーを浴び、身支度を整えて部屋を出た。

菫

深雪の母親、阿部菫《すみれ》は入院している。

彼女はもともと心臓が弱く、通院をしていた。しかし、深雪の父親が死んでからしばらくした頃、三年ほど前からは深刻に体調を崩し長期入院している。

彼女は高度心奇形で、結婚以前から将来的に心臓移植が必要になると指摘されていた。全快には心臓移植が必要で、A型の彼女は血液型が適合するドナーが現れるのを待機しているが、その可能性は高くない。

東京に戻ってきてから、深雪はよく母親の見舞いに行っているらしい。別に行きたくはなかったが深雪の見舞いについていくと……病室で臥《ふ》せっている彼女に会うことになるわけだ。

最近、深雪の母親は病状が悪化して、個室に移動した。それがどういう意味を持つのか、僕にはよく分からない。

その日は野崎さんが病室にいた。

「アリオも来たのか」

深雪の母親と野崎さんは姉弟だ。だから野崎さんもよくこの病室に見舞いに来る。

「昔は姉さんが俺の母親代わりだったんだ」と彼は笑って言った。

「当時はあんなに大人しい人じゃなかったんだけど」

深雪と共に見舞いに行くと、野崎さんが深雪の母親と仲良さそうに話しているところをよく見かけた。

昔、深雪から聞いた話だけど、野崎さんと深雪の母の両親は、二人が子どものときにそれぞれ早逝《そうせい》したらしい。母親は持病の心臓病で亡くなり、その後、父親も火事で家が全焼した際に死亡した。二人は別々の親戚に引き取られて育った。深雪の母親は早くに結婚し、姉夫婦からの学費の援助で野崎さんは大学に進学した。

だから野崎さんは深雪の母親に感謝していて、同時に、頭が上がらないという話だ。


その日、深雪と野崎さんが病室から出ていき、僕と深雪の母の二人きりになった。気まずい時間が流れ、僕が黙っていると、深雪の母が口を開いた。

「別に私はあなたに対して憎しみとか恨みを抱いているわけではないから」

「すみません」とりあえず謝ってしまう。謝る以外に深雪の母親とのコミュニケーションの取り方が僕には分からない。

「いつも深雪と仲良くしてくれてありがとうね」

僕は正直言って、深雪の母親が苦手だ。

その理由は、彼女が、何を考えているか分からないからだ。

そもそも僕に対して、そんな風に柔らかな対応を取れるということ自体が、僕からすればよく分からない。普通の人は無理だろう。そう考えると、彼女は底知れない感じがする。深雪の母はもうそこそこいい歳だが、美しかった頃の面影を残していた。

「深雪はお母さんと仲良いの？」

帰り道に僕は彼女に訊ねた。この親子がいったいどういう会話をしているのか、見当もつかない。

「別に普通に学校の話とか。離れ離れだった時期も長かったし。最近は久しぶりに、親子として交流してる」

深雪は中高の一時期、母方の実家である京都で過ごしていた。一方で深雪の母は、入院していた病院が東京にあり、深雪と母親はしばらく離れ離れで暮らしていた。

「東京の病院のほうが、母の病状に合ってたから。専門は違えど、医師の叔父さんが隣にいたほうが、いざというときも安心。私より」

「深雪は寂しくなかったの？」

「自分は親子の情なんてまるで感じてないのに、そんなことを訊くんだ」

「や、単純に気になって」

「そうね。すごく寂しいとかは感じなかったよ。好きとか嫌いとかもない。ただ——」

「ただ？」

「時々、素朴に、怖いなって感じるよ。母は、何を考えているか分からないし。他人をコントロールしようとするようなところがあるから。例えば私の考え方とか言動とかを、自分の思うとおりに操作しようとしたりする。そこが怖いといえば怖い」

「へえ……」

さすがに深雪のほうが僕よりも母親の怖さを言語化できていた。でも一方で僕は、深雪の母に感じる怖さと同質の何かを、深雪に対しても感じていた。だから、彼女の話を聞いて、少し複雑な気持ちになった。

深雪

その夜、病院の帰り、僕と深雪は彼女の家の近くのイタリアンバルで食事をした。

「深雪とお母さんって似てるね」

「そうかも。母の子どものときの写真、見る？」

こちらが頷くと、彼女は接写した古い写真の画像を見せてきた。鮮やかな赤いカーテンをバックに、一軒家で撮影された、小学校高学年くらいの少女。深雪に似ている。顔の造形もそうだが、目の奥の恐ろしい雰囲気が深雪の面影にも残っている。

それから、深雪は僕に友人ができたという話を聞いて、心の底から驚いたという顔をした。

「アリオに友人ができるなんて」

実際のところ、僕には安定的な友人がいたことがない。

「今度紹介してよ」

「そのうちね」

深雪に蒼を紹介したい気持ちはまったく起きなかった。

「私、アリオのこと少し心配してたの。友達も彼女も誰もいない。本当にずっと一人に見えたから。ユリオが死んでから」

「そんなことないよ」

「賭けはアリオの勝ちだね」

「別にどうでもいいよ、そんなの」

「ダメ。約束したしね。私に何をしてほしい？」

「思いつかない」

「私にしてほしいことが何もないの？　それはそれで悲しい」

「そんなことないけど……」

「じゃ、何か考えといて」

「分かった」

僕は一応そう答えた。

「それにしてもアリオは顔だけはいいしね。コツを摑めばいつでも彼女作れそう」

「遺伝子に感謝だね」

本音を言えば感謝したことはなく、僕は僕になんかなりたくなかった。

「私、アリオの髪質好き。私と似てる。薄くて猫みたいで」

深雪は僕の髪を触った。

「でも男は将来禿《は》げそうじゃない？」

「禿げたら植毛しなよ」

「そこは『禿げても大丈夫』でいいだろ」

「それほど深い仲じゃないから」そう言って彼女は笑った。

それから彼女は「今度蛍を見に行きたいな」と呟いた。名所があるらしい。一緒に行く約束をして店を出た。


店を出て歩いていたら、彼女は珍しく酔っ払っていて、夜道で急に「ねえ、私とキスしようよ」と言ってきた。僕はそれを拒絶した。

「なんで？」

「今はまだそういう気分になれないから」

性欲が殺意に転じるかもしれないのが怖いから、なんて言えるわけがない。

「いつなるの？」

「君が死んだら」

「死んだら祝福してよ、花束を添えてね」

「約束する」

「死体にキスしてくれる？」

「たぶんね」

「ありがとう」

それから「うちにくる?」と彼女は当たり前のように言った。

僕は少し緊張しながら、中学のときに深雪が転校していって以来初めて、彼女の部屋に行った。

＊

中学時代、僕とユリオは深雪の父親に殴られたことがある。

放課後の教室で、彼女が髪や服で隠していた、首の濃く赤い痣に最初に気づいたのは僕だ。やがて深雪の身体に傷が目立つようになっていった。殴られた傷、切られた傷、それは服の下の目立たない場所に増えていった。彼女は黙って僕たちにそれを見せるようになった。

僕たちはそれを見て傷ついた。増えていく手首の傷。吐きだこ。痩せていく身体。

ある日、「お父さんを殺したい」とだけ深雪は言った。彼女は理由を何も教えてくれなかった。

「家から逃げたいの」と彼女が僕たちに言った。

その日は、雨が降っていた。

そんなことはやめておけと言うべきだったのだろうか?

しかしそんな気分にはまるでなれなかった。

それで僕たちと深雪は家出をした。

十四歳だ。どこにも行けはしない。

雨風が強かった。透明のビニール傘もすぐ折れてしまう。

貯金を下ろして三人で集める。しかし未成年に世間は厳しい。現代ではＩＤチェックが厳格だ。夜、泊まれる場所はあまりない。

僕たちは黙ったまま彷徨《さまよ》い歩いた。

「二人には何もできないよ」

「そんなことない」

ユリオだけが返す。

そんなユリオを、僕は呆気に取られて見ていた。

こいつは口先だけで何を言っているんだろう。だって何もできないじゃないかと思った。

「ありがとう」

と深雪は呟いた。


その後、深夜、二子玉川のショッピングモールに隠れた。夜になり雨は霧雨に変わった。消灯して真っ暗になったショッピングモールの館外に潜んで夜を明かした。寒くて、三人で身体を寄せ合って眠った。

朝方、河川敷を歩いた。すると前方から深雪の父親が近づいてきた。信じられない気持ちだった。彼の横には警官がいた。

「お前ら何やってるんだ!?」

僕たちも深雪も何も答えなかった。

怒った彼は最初に僕を、次にユリオを殴った。

そのとき、深雪は彼を睨みながら、黙って泣いていた。深雪はあのとき、何を思って泣いていたんだろう。

僕はそれをただ見ていた。

＊

彼女の部屋に入り、しばらくして、電気を消して二人でベッドに横になった。

ちょうど良いタイミングで、携帯が震えディスプレイが点灯した。深雪は手を伸ばしてその光を見た。

「こないだのアリオの知り合いからだ」

「市堰？」

「そう。ユリオとそっくりの」

それから再開しようとしたけど、その日も結局うまくいかなかった。

「ごめん。今日はなんか違うかも」

僕らは暗闇の中でじっと見つめ合った。そんな顔しないでよ、と思う。

「どうしてうまくいかないのか分からないな。私もあなたが好きだし、あなたも私を好きなのに」

そのまま僕らは何もせず抱き合って眠り、僕は翌朝始発で帰った。

早朝の日射しを浴びながら、帰りに歩道橋の上を歩いていたとき、市堰から電話がかかってきた。僕はちょっと苛《いら》つきながら電話に出た。

「気持ち悪い結果が出た」

「DNA鑑定？」

「そうだよ」

「それで？」僕は続きを促した。

「俺と、アリオの父親とのDNA鑑定結果。〇パーセント。彼は俺の父親じゃない」

「は？　いやいや。待てよ。それはおかしい。だって、そしたら……」

「アリオは、アリオの父親と血の繋がりがない。俺たちは二人とも、父親とは別の誰かの精子から生まれた」

「……分かったよ。知らせてくれてありがとう」

「でも、お前も父親と血の繋がりがないとしたら、俺たちの父親はいったい誰なんだ？」

それは確かに謎だった。

帰宅して郵便受けを見ると、僕のところにもDNAの鑑定結果が届いていた。内容を読む。母との血縁関係は肯定され、父との血縁関係は否定されている。

眩暈《めまい》がした。ではいったい僕は誰の子どもなのか。その男が精子ドナーかは分からない。例えば僕の母親の浮気相手という可能性もある。あまり考えたくないが。

七月

東京都渋谷区の民家で
火災発生
焼死体見つかる

東京都渋谷区神泉の野崎幸多郎さん宅で火災が発生し、世帯主の幸多郎さんが遺体で発見された。子ども二人は火傷を負っていたが軽傷で命に別状はない。警察は出火原因を調べている。一九九六年七月七日
（Y新聞オンライン）

市堰

ＤＮＡの鑑定結果を知った翌日、母親に電話した。

「教えて。どこの病院で不妊治療を受けたの？　担当医の名前は？」

唐突な僕からの電話に母は最初戸惑っていたが、やがて質問に答えた。

「Ｋ大病院。小山先生」

市堰と同じ病院。無意識に息を止めてしまう。

それから僕は市堰に連絡をした。彼の不妊治療医の名前を訊く。すぐに返信が来た。

「小山昌平《しょうへい》」

それは母が口にしたのと同じ名前だった。

検索する。彼はもう定年で引退していた。

小山は不妊治療の世界では名医として知られていた。そのため、彼の治療を求める者は後を絶たなかったようだ。講演活動やインタビューを受けるなど、彼に関する情報はネット上だけでも豊富に存在した。優秀な医師という社会的評価だ。

写真を見る。白髪で禿頭の男。何か嫌な予感がした。


昔、ユリオと深雪と三人で、Netflixである事件に関するドキュメンタリーを観た。

不妊治療クリニックの医師が、担当患者の卵子に自分の精子を混入させ、多数の子どもを実際に生み出していたという事件についての番組だ。

過去、同様の事件はいくつか発覚している。確定しているだけで、七〇年代から八〇年代にかけて九十四名の子どもを作ったアメリカのドナルド・クライン。七十九人の子どもを作ったオランダのヤン・カールバート。確定していない子どもも含めれば、もっと多くの子どもが作られた可能性がある。現実に、不妊治療クリニックの医師が自分の精子で患者を妊娠させた例は他にも多数存在する。

もし僕たちが同様の経緯で生まれていたとしたら。


昼過ぎまで寝て起き、夜頃、僕は市堰の部屋で彼と会うことにした。

市堰は新宿三丁目にある古いマンションに住んでいた。その選択は彼らしいといえばらしい。彼の家は物が多くカウンターカルチャーが好きな店主のライフスタイル提案型ショップみたいなテイストだ。洒落てはいるが僕とは趣味が違う。

彼の部屋のテレビで前述のドキュメンタリーを二人で観ながら話す。

「小山昌平は俺の母親の主治医。彼なら、精子提供者について何か知ってるはずだと思って、以前彼に会いにいった。でも彼は何も話せないと」

　市堰の母親と僕の母親は、二人とも彼の患者だった。

「そもそも、彼がやったとして、いったい何のために？」

　そう言われても、せいぜい、殺人犯は実はサイコパスだった、で全ての動機を説明する類のサスペンス的な想像しか浮かばない。

小山

　僕と市堰は二人で病院の受付で名乗り、小山との面会を申し込んだ。

　小山はアルツハイマー型認知症であることが判明し、築地に存在する病院に併設された施設に入所している。

「富裕層向けの超高級高層老人ホーム。入居だけで億単位の金が必要で、プラスして月々の費用も発生する。マンションと病院が併設されてる。つまり、老人ホームのタワマンだよ」

「嫌な感じだな。どんな人間がいるんだ？」

「金が余ってる人間が最後に使うんだよ。死んだら金は使えないから」

　ともかく、面倒臭いなと思いながら僕は市堰のあとについて歩いた。

　小山は医師で研究者だった。彼はＫ大病院で研究室を持ちつつ、臨床医として、不妊治療、人工授精、体外受精を担当していた。

彼の写真を改めてスマホで見る。白髪で禿頭で意地悪そうな、抜け目なく猜疑心《さいぎしん》に満ちた目つき。うるさそうな口元。汚い肌。薄暗い隈。彼は親以外の誰からも愛されたことがないかもしれない、と酷いことを思う。

それにしても、自分と小山はあまり顔が似ていない。

「アリオの両親はどんな人？」

廊下を歩きながら話す。

「数値を積み上げるのが好きな二人。あれは原始的な脳の欲望とダイレクトに結びついてるんだ。偏差値も身長も知能指数も貯金も投資額もマンションの階数も、とにかく高ければ高いほど良い。あれは二人の強迫観念だよ」

「健全な両親で羨ましいな」

同意できなかったが、市堰も適当に言っているだけだろう。

「で、今日は何するんだ？」

「人物紹介のためだけにわざわざ会いに来たりしない。これから入手したい物がある」

「まあ、そうなるよな」

彼が僕らの父親である可能性を考えた。

しかし一方で、別にどうでもいいという気持ちも湧いてくる。少なくとも僕には、市堰ほどには、自分の父親の正体を突き止めたいという欲望は存在しない。誰でもいいしどうでもいい、と内心思っていた。言わないだけで。

「ＤＮＡ鑑定のために必要な試料を回収する」

「分かったよ」

その疑惑が真実かどうかは、鑑定の結果が出ればはっきりする。

「それで、彼はどこが悪いの？」

「全身が終わりつつあるけど特に」

市堰はこめかみを突ついた。

「脳も壊れつつある」


個室に行くと、そこにいるはずのない人間がいた。横たわり眠る小山の傍に立つ彼女の姿を見て、僕は混乱した。

「どうして君がここにいるの？」

蒼は、気まずそうな顔で目線を床に落とした。

「私は、彼の娘だから」

「つまり、市堰と蒼はその経緯で出会ったっていうこと？」

市堰は僕に嘘をついていた。そして蒼も。

「彼が来たとき、最初、私が応対したから。私が彼に声をかけたの。もし父親のことで何か分かったら連絡すると言って連絡先を交換した」

「なんで黙ってたの？」

「訊かれなかった」

「理由にならない」

「……私も内心父が怪しいと思ってたから。でも、これから悪人と明らかになるかもしれない男の娘だと自己紹介はしたくなかった。これでいい？」

「俺は、蒼が自分から話すと言ってたから黙ってただけ。アリオとのＤＮＡ鑑定結果が出るまでは、怪しまれたくなかったし」

僕は他に気になったことを蒼に質問した。小山の今の状況について。

「いつからこんな状態に？」

「父は二ヶ月前に入院したの。少しずつ調子が悪くなって」

蒼は困ったような顔をした。

「今も半分くらいは正気のときがあるの。それが逆に怖い」

彼女は途方に暮れたように言った。

僕は、蒼の中にある微妙な暗さの一端に、その日初めて触れたような気がした。

室内で眠る小山の姿を改めて見る。彼は末期癌であと数ヶ月で死ぬ。癌は全身に転移している。

病気で死ぬのは惨めな最期だ。世間には狡猾《こうかつ》な誤解がある。確信犯的誤解だ。平均寿命を過ぎて死ぬと、それは大往生で、幸福な人生の終え方だということにされている。欺瞞《ぎまん》的な論理だと思う。病院で機械に繋がれ、身体を何度も切り刻まれ、抗癌剤で衰弱させられて死ぬのは、それが何歳であっても酷い死に方だ。

それから僕は、ＤＮＡ鑑定に必要な物として、小山の髪の毛を数本引っこ抜いた。そのとき、小山が嫌そうな顔をしたように見えた。

その後、僕と市堰はＤＮＡ試料を鑑定企業に送った。学生にはちょっとした出費だ。僕は以前からの貯金を崩したが、バイトを増やしたり掛け持ちすることも検討したほうがいいかもしれない。

ユリオ

さて、ユリオの殺意は段階を踏んで上昇した。

僕はそれを察知しつつ黙殺したという意味では彼の共犯者だ。止める権利はないと思っていた。

ユリオは狂気を少しずつ積み上げていった。僕たちは架空の殺害計画を練る遊びから始めた。最初に彼が刺したのはぬいぐるみの真心。

そしてユリオは人を殺した。僕は彼を止めなかった。自分とユリオが決定的に他人になった朝。

ユリオの犯行の様子は後日、夕方のニュースで、ＣＧで作成された再現映像として流された。

僕はそれを録画していて、今でもたまに見返す。

ユリオは、殺すなら誰でも良かった、と後にインターネットに書き込みを残している。殺すのに一番簡単な相手を選んだだけだと。そしてユリオは被害者宅に侵入した。誰でもいい誰かを殺すために。

犯行から数時間後、逃亡中のユリオからＬＩＮＥが送られてきた。

〈いつまで逃げたらいいか分からないな〉

そんな連絡は危険だと思ったが、それくらい彼も分かっているだろうし、僕は何も言わなかった。

〈たぶん逃げられないよ〉

〈一人殺しただけじゃ死刑にならない。戻ってきたら？〉

僕は冷静に伝えた。

〈ありがとう〉

ユリオのみっともないところは見たくない。内心そう思っていた。

〈アリオと深雪に最後に会いたいよ〉

〈会いにくればいいだろ〉

あのとき、僕は本当はなんて伝えればよかったんだろう？

何か気休めを言うこともできた。世界中が敵になっても僕はお前の味方だ、兄弟であることには変わりない。本当にそう思ってたのだから、言えばよかった。僕は肝心な本音はいつも言い損ねる。

あるいは、適当な気休めの嘘を思いつく限り並べて、どれか一つがユリオに刺さるまで続ければよかった。

でも僕が送ったのは、ただの質問だった。

〈ユリオ、どうして殺したの？〉

〈分からないよ〉

そのとき僕は、彼が、自分の行動の理由をうまく説明できずにいるのだと解釈した。

〈あのさ。もし死ぬつもりなら、僕に何かできることはある？〉

〈ありがとう。考えてみるから〉

そんな他愛なく愛のない言葉のやり取りが、僕たちの最後に交わした言葉になった。

＊

ところで、ユリオによる殺害現場には、謎のマークが残されていた。

こんなマークだ。

ある種の殺人犯は独自の記号を署名代わりに用いる。ゾディアックも酒鬼薔薇聖斗《さかきばらせいと》も。ユリオもそうした記号を考えていたとしてもおかしくはない。

疑問は、このマークをユリオが僕に一切相談せずに創作したことだ。それまでユリオはそうした妄想を全部僕と共有してくれていた。だから傷ついた。どうして彼は僕に黙っていたのだろう。

ユリオの死後も僕はこのマークをずっと眺め続けた。だからこのマークが何なのかについて、初見時に比べれば、多少の思考は蓄積されている。

右のマークは〝C〟と〝G〟と〝O〟が重なっている。

左のマークは〝A〟と〝T〟と〝I〟が重なっている。

それが何を表現しているのかは分からない。ただ、何らかの暗号だろうとは気づいていた。

しかし今、問題は深刻化していた。

自分をジョーカーと名乗り犯行宣言を行っている人間がいる。

そして、ジョーカーは事件現場に例のマークを残している。

このマークがずっと描きこまれていることを初めて知ったとき、僕は動揺した。

そいつはユリオの事件現場を見たことがある人間なのかもしれない。あのマークはどこにも報道されていない。

このマークの意味が分かれば話が早いのかもしれないが、僕にはまだ分からない。

ともかく、犯行予告ではなく、自分が真犯人だとネットで犯行宣言を繰り返しているこの自称ジョーカーの発信には法則性があった。

ジョーカーが対象とする事件の法則性。

まず、犯人は僕と同年代の人間（±三歳）が選ばれている。

そして、おおむね東京近郊で発生している。

タイムラインをスワイプすると、ジョーカーの新しい投稿が表示された。

ジョーカー @jorker_0893
今日も俺はここで人を殺したよ。

メッセージと共に、いつものマークが描かれた写真がアップされている。

この日、八王子駅の近くで通り魔事件が起きていた。

現場から二百メートルほど離れた路地裏に、そのマークは描かれていたらしい。

ジョーカーはいったい何のためにこんなことをしているのか。

しかしそれが分かったとして、どうするのだろう、僕は。もしかしたらそれは知りたくないことかもしれない。

でも、僕は知らずにはいられない。

僕はもちろんこのマークについて、まず誰よりも深雪を疑っている。でも、彼女がジョーカーだとしたら、なぜそんなことをするのかが分からない。

例えば、彼女は狂気に囚われ始め、人を殺そうとしているとか？

あるいは、彼女は何か明確な意図を持って事件を起こしているのだろうか。

僕は考えたくないもう一つの可能性について考えた。本当は彼女が犯人たちに殺人を実行させていた影の真犯人だったとしたら。僕はどうやってそれを止めればいいのか。僕は彼女にある違和感からあえて目を逸らしてきたところがある。もし彼女に隠された狂気があるとして、そんなものに触れたいとは思わないから。

深雪

＊

深雪と、なんとなくＬＩＮＥで雑談をしていたとき。

〈そういえば私たち、デートってしたことないね〉

彼女がそう発言した。デートの定義が不明だが、議論は不毛だ。

それで僕は深雪を、彼女が言っている意味でのデートに誘った。

当日、二人で玉川上水を散歩した。一度行ってみたかったと彼女が言っていたから。

「太宰って、自分は何度も生き残って、巻き込んだ女の人だけ死なせて、よく考えると酷い人間」

僕は川の流れを見ながら、自分が同じ状況になったとき死に切れるだろうか、と考えた。

「トレーニングを積んで、徐々に自分を死に近づけていったのかもね」

「アリオは心中できそう？」

「僕には無理だと思うよ」

おそらく自分は心中するタイプじゃないだろうと思った。

玉川上水の川面の光を見ながら僕は言った。

「本当はずっと考えてた。会えないでいた間、君とどうすればうまくいくか」

「私、気にしてない」

「周囲は違うだろ。僕らが二人でいたら。学校でも。君の親も。どうにもならない。誰も僕を信用してない」

「無視すればいいだけ。それはあなたの心の問題でしょう。そうだ。どこか海外に行こうよ。私たちのこと誰も知らない場所に。そしたらアリオも大丈夫でしょう。大学から海外に行けばよかったね、二人で。でも今から語学を勉強すれば大丈夫。アリオも勉強してね。その気になればできるんだから」

「昔のことだよ。今は全然ダメだから」

「できるよ。ビザがあればどこかに行ける」

「それから？」

「例えばフランスの海辺で永遠にバカンスをして過ごすの」

「先立つものがない」

「誰かその辺の金持ちを殺して奪う。ボニーとクライドみたいに。それでしばらく生き延ばしをする。最後は『気狂いピエロ』みたいにダイナマイトで頭を爆破。そして永遠を見つけるの」

僕は黙った。

「冗談だよ」

「分かってる」


それから、近くの少し見晴らしが良い居酒屋で食事をしながら、僕らは夜になるのを待った。

「そろそろ蛍がいる場所に行こうか」

その夜、川では蛍が舞っていた。

「アリオは、ユリオがどうして死んだと思ってるの？」

「分からないよ」

自殺した人間がどうして死んだか。難しい問題だ。

もし僕が自殺したとして、その理由を自分でも明瞭に理解しているのかどうかは怪しい。人は果たして、自殺する理由を明瞭に言語化できるものだろうか。芥川は漠然とした不安が理由で死んだ。

「なんでユリオが僕に話してくれなかったのかも分からない」

「アリオに話せないような悩みを抱えたことが、ユリオが死を考えるきっかけだったかもしれないってこと？」

「かもしれない。でも、ユリオの悩みが何だったかも分からない」

彼女の視線の先の黒い濁った川の流れ。

夜の空気の中を蛍が舞う。思っていたよりもそれは寂しい光景だった。

「深雪に出会えて良かった。他に心が通じる人がいない。誰にも本音を話せない。だから、君とうまくいかないとしたら、どうしていいか分からない」

僕らは暗闇の中でじっと見つめ合った。生き物が発する光に囲まれて、夢を見ているような気分だった。

「いつか一緒に私と心中してくれる？　私、一緒に死ぬならアリオがいいかも」

「いいけど、別に。でも、それってどういうとき？」

「どうにもならなくなったときにだよ」

「例えば？」

「ん……何人か人を殺したとか」

「分かった。そのときは一緒に死のう」

「約束だよ」

それから彼女は小指を僕の指に絡ませて、軽く指切りをした。

好きだと言ってこの状態を終わらせようと思った。

でも何か言う前に先に彼女に言われた。

「私、アリオと恋人になれない気がする」と彼女はきっぱり言った。

どうして、と訊いて彼女を困らせたくなかった。

「分かった。深雪がそう望むなら」

一度も寝ていないという意味では、僕と深雪は古風に言えば最初から最後までプラトニックな関係だった。

僕はいつか深雪と結ばれるんだと、ずっと無根拠に信じていた。

その可能性が今日自分の中で終わった。

しばらく、憂鬱で落ち込み、何も手につかなかった。

僕は深雪のどこが好きだったんだろう？　それについて考えると分からなくなる。

今まで僕は深雪のことを深く知らないように気をつけていた。でもあれから、彼女の本当を知りたくてしょうがなくなった。だから苦しかった。

忘れようとすればするほど、彼女の存在感は僕の中で重くなっていく。心の中で、その場にはいない彼女に話しかけてしまう。彼女に自分を分かってほしい、そして彼女を分かりたいと思う。

でも同時に安堵している自分もいた。

自分一人の人生なら、どれほど惨めでも問題はないから。だからこれで良かったのかもしれない。そう自分に言い聞かせて過ごした。

それでも彼女のことは忘れられなかった。

蒼

珍しく蒼からメッセージが来ていた。僕の家の近くで飲んでいたらしい。

〈終電逃した。暇潰し、付き合って〉

深夜、学校近くの居酒屋で蒼と合流した。タブレット端末で注文する形式で、水や取り皿を頼むのもそこから。タブレットに注文用ソフトをインストールしているらしく、蒼は注文後、戯れに端末を弄りバグらせて、表示できない設定になっているはずのブラウザを呼び出し、ネットにアクセスした。

蒼はヤフーのトップ画面をタップし、ニュース映像を再生した。僕は音量を一応ミュートにした。タイトルと、それとは別に字幕が付いている。「Ｓｕｉｃａのスキミング被害　ＪＲが注意喚起」「臓器移植改正法案が見送り　焦点はオプトアウト方式　背景に国際社会の厳しい批判」「ＤＮＡに大容量のデータ保存　新たな方式が成功」それは最近、新たに日本の研究グループがＤＮＡに大量のデータを保存することに成功したというニュースだった。

過去には二〇〇七年、日本の研究グループがバクテリアのジャンクＤＮＡに、書き込み位置を特定するための情報と共に、文字情報データを書き込むことに成功した。二〇一七年にはＧ

ＩＦ動画の書き込みに成功。その後も研究は進み、より大量のデータをＤＮＡに書き込むことに人類は成功し続けている。

現在マイクロソフトもＤＮＡを使用したデータ保存の可能性を研究している。二〇一六年には２００ＭＢのデータ保存に成功。将来的には１ｇで10億ＴＢのデータを保存可能だという。

「へえ。どうやるんだろう」

「ＤＮＡにデータ保存なんてグロテスクな感じがするね」

「遺伝子操作で生まれた子どもも、世の中にはすでにいるらしいし」

「まあ、生まれてから整形するより、生まれる前からデザインしたほうがなんとなくオーガニックな感じもする」

蒼の顔を改めて見る。彼女の顔は綺麗だが、人工的な美しさで、見ていると不気味な感じがした。

「蒼みたいに綺麗な人は、見た目の悩みと無縁だと思ってた」

「整形してるからさ、これは」

「そうなんだ」以外言えないなと思った。

「元はアプリの加工前くらい違う。今度見せるね」

「いらないけど。どうして整形したの？」

「自尊心に見合う顔になりたかっただけ」

僕自身は、美醜《びしゅう》にコンプレックスを抱いたことがないので、あまり彼女の気持ちが分からない。

「いま彼氏は？」

「私、受験終わった直後から、百人近くとデートしたんだけど」

「すごいな」

僕は素朴に驚いた。

「色んな人から誘われるの。見た目が良いからさ」

「不思議じゃないね」

そう言いながら僕は奇妙な感覚に襲われた。整形前の彼女に会いたいと思う。

「一日に四人とデート」

「大変そう」

「大抵一瞬で冷めた」

「冷めたら？」

「ブロック。みんなした」

彼女は指で小さくバツ印を作って笑った。

「大丈夫だよ。アリオはブロックしないから……たぶん」

「たぶんね」

「とにかくピンと来る人はいなくて。特定の恋人はいない」

「複雑だ」

「シンプルだよ。誰も好きになれないだけ」

彼女は落ち着きなく耳元のピアスを触りながら言った。

「好きな人はいたことないの？」

「ずっといるよ。たった一人」

「その人はダメなの？」

「全然ダメ。漠然と愛が不可能な感じがする」

「愛が不可能な感じ」

僕は牛みたいに反芻《はんすう》した。それは僕と深雪の関係をも表現していたから。

「相手が蒼を好きじゃない？」

「主にそう。だけど、相手が私を好きになったところで、自分が相手を愛せるかっていうと、自信ない」

彼女は、解けないテストを前にして、問題自体が間違っていると疑っているような調子で言った。

「愛が不可能な感じがするとき、人はどうしたらいいんだろう？」

「諦める。でもそれが無理だから、苦しい」

「なるほど」

「でもたまに虚しくなるよ。見返りが欲しくて。アリオは？」

僕は深雪に何もしてほしいことがない。僕は愛してほしいとすら思っていない。

「好かれたいと思ってない」

「すごいねアリオは。私は無理」

「皮肉？」

「かも」

それから、蒼が急に、携帯を見て悲しい顔をした。嫌なメッセージを見た、と彼女は言った。僕はそれを掘り下げずに流した。

僕はウイスキーをストレートで飲み続けた。蒼は僕のグラスに口をつけ「苦いね」と言って、自分用にパクチーモヒートを頼んだ。二人ともあまり食べず、主に枝豆だけ摘みながら飲み続けた。

「アリオは将来何かになるの？」

「何者にもならないって決めてるんだ」

「いいね」

それから彼女は自分の将来について語り始め、最初からそれが言いたかったのだろうという気がしたので拝聴《はいちょう》した。

「私、なるべく楽な仕事がいいんだけど。でもあなたは事務職に向いてないですねって言われて」

「誰に？」

今どきそんなはっきりした物言いをする人間がいるのかと僕は少し驚きながら訊いた。

「占いで」

僕は努めて無表情を保つようにした。

「代わりに、芸能に向いてるって言われた」

僕の考えでは、人類の過半数の人間は事務職に向いておらず、どちらかといえば芸能に向いている。問題は、人類全体がそれほど大勢の芸能人を必要としていないことだった。さらに今では徐々に事務職の必要性も失われつつある。

「私、昔は何者にでもなれる気でいたのに、今じゃ何も」

「別に何かになるだけが人生じゃないよ」

「本当にそう思う？」

「僕も何にもなる気がない。将来」

「就職しないってこと？」

「分からない。別に就職するかもしれない。公務員かもしれない。ずっと続けるかもしれないしすぐに辞めるかも。その後は派遣なのか非正規なのかバイトなのか分からない。でもそんなこととは関係なく、僕は何もやる気がないし何にもなる気がない。どんな義務を果たすつもりもない。ずっと無気力なんだ」

「過去に何かあったの？」

「生まれつき無気力なだけだよ」

これは本当のことだと思う。ユリオが生きていたから頑張れていただけだ。

「そう」

蒼はそれ以上話すのを諦めて話題を転じた。

「人生をやめたくなるような最悪の不幸ってなんだと思う？」

酒に酔った蒼が絡むように訊いてきた。

「想像できないな」

人生を終わらせるなら、ユリオが死んだときがちょうどいいやめどきだった。僕は絶好のタイミングを逸していた。

「私は死のうと思える不幸が欲しいな」

店を出るとき、蒼が「今日楽しかったよ」と言った。

「僕は別にそうでもないけど」と答えたら小突かれた。

店の前の道で、夜の空気を背景に、蒼がこちらを振り返ってなぜか寂しそうに言った。

「今度、一緒に花火やろうよ」

「無理。花火恐怖症《フォビア》だから」

「約束ね。明明後日《しあさって》の夜七時。あなたの部屋の近くの公園で」

「はいはい。行けたら行くよ」

帰り道、ふと深雪に電話した。深雪は出なかった。電話したことを後悔する。こういうとき、着信履歴を消せたらいいのにと思う。

*

約束の夜七時、僕は自分の部屋にいた。

行けたら行くよというのはつまり行かないという意味だ。それを言葉どおりに受け取るほうが間違っている。

何度か蒼から電話がかかってきたが無視した。しばらくしてベランダの外から打ち上げ花火が上がる音がした。慌てて窓を開ける。向かいの駐車場に蒼が佇んでいた。

「なんで僕の部屋知ってるんだよ」

「市堰に訊いた」

「あいつ、勝手に……」

「だって、あなたと連絡取れなかったから」

僕の姿に気づいた蒼は手にしていた花火を振り回した。彼女の背後で連発式の打ち上げ花火が夜空に火を放つ。

「無茶苦茶するなよ」

「こっちで一緒にやろ」

「忙しいんだよ。色々……」

「来ないなら、今度は打ち上げ花火をあなたの家に打ち込む」

「近所迷惑だよ。だいたい君はいつもやり方が強引なんだ。もう少し距離感を――」

「なんて言ってるかよく聞こえない」

「つまり……」

「何？　もっと大声でシンプルに話して！」

「君は馬鹿なのか？」と僕は叫んだ。

「死ね」

蒼は本当にロケット花火を打ってきた。

叫んで抗議を続けようとしたが面倒臭くなった。大声で会話を続けるのも迷惑だ。仕方なく僕は部屋を出て蒼と合流した。アパートの向かいの駐車場で続けるのは目立つので、近くの公園に移動して花火を再開する。

「蒼、暇なの」

「こう見えて忙しいんだよ」

「忙しいのに僕の相手をしてくれてありがとう」

「どういたしまして」

二人で手元の花火を見た。闇の中で光が飛び散る。火花が夜空に溶けて消えていく。鼻腔《びくう》に火薬の匂いが響く。

僕はその光を眺めながら、隣にいるのが深雪だったら何を言うだろう、と考えた。

「アリオ、いま別の女の人のこと考えてたね」

「いや。現代日本の労働問題について考えてた。増加する非正規雇用の割合。年金の不公平な分担。やりがい搾取《さくしゅ》労働。未だに存在する過労死。サボることにインセンティブが働く矛盾を抱えた人事制度。労働法遵守《じゅんしゅ》が徹底されない日本社会。新卒一括採用システムの功罪……」

「嘘つき。労働に興味なんてない人相してるくせに。本音は？」

「Pornhub で動画を作成しているカップルの月収は、ファンクラブだけで会費の月三千円が五万ユーザー、一億五千万円。もちろんそこからプラットフォーム側が手数料を引くが、このカップルには他にも収入源がある。僕の想定生涯年収を彼らは二ヶ月で稼ぐ。早くＦｉｒｅしたい。この類の単純計算をするたびに軽く鬱になる。人生は簡単な四則演算をするだけで絶望しか残されていないと分かるようにできてるから」

「酷い言い草」

蒼と並んで僕は花火の光を眺め続けた。

二人でどこかで黙って向かい合っているより、一緒に何かしているほうが、沈黙が気まずくならない点では便利だ。

「一人でいるのが好き？」

「大好きそうに見えない？　誰がどう見ても」

「見えるけどさ」と言って蒼は笑った。

「あのさ。君は嘘をついてるだろ」

「何が？」彼女は怪訝《けげん》そうな顔で微笑んだ。

でもその声は少し震えていた。

僕は緑色の花火を虚しい気持ちで見下ろしていた。

「緑の光を見たら幸せになれるって話、知ってる？」

この花火は偽物だけど。

「迷信だよ」

「なんで？」

「だって今、全然幸せじゃないもん」

「確かに。僕もそうだ」

僕は適当に相槌を打った。

「それに蒼はさ。僕が何者か知ってただろ？」

「何が？」

「惚《とぼ》けなくていいよ。それなのによく平気な顔でいられるね。僕が怖くないの？」

「私、よく分かんない。どうしたの？」

「いや……なんでもない」

彼女は話を逸らすためか、僕の髪を触った。

「髪質が似てるの」

「誰に？」

「私が好きな人に」

僕は彼女の手を振り払った。

「終電なくなっちゃった」

「自転車貸すよ」

「いらない」

蒼はつまらなさそうな顔で僕を見た。

「アリオ、最近、好きな人にフラれたんでしょう？」

彼女はそれを誰から聞いたんだろう。

そしてその誰かは、どうやってそれを知ったのだろう。

「キスしていい？」

僕は黙って頷いた。

蒼はごく自然に僕に唇を重ねた。

それから僕と蒼は長い時間黙っていた。もうその夜は話し疲れたのだ。

「あとでアリオの部屋に行っていい？」

「別にいいけど」

「男女の友情は存在するって言ってた」

「もちろん」

八月

井の頭公園に遺体

　井の頭公園の池に死体が浮かんでいるのを近隣の住民が発見した。遺体は大学生の中野弘治さんと見られている。警察は事故と自殺、他殺の可能性も考慮しながら慎重に捜査を進めている。　二〇三六年八月一日（A新聞デジタル）

蒼

大学は夏休みになった。

僕の人生は基本的に虚しいが、夏休みはとりわけそうだ。僕はいつも夏休みを冴えなく浪費して終える。この自由時間を有意義に使えたことなど一度もない。

人生はバリエーションが少ない。その少なさは小説や映画を観ればより俯瞰《ふかん》的に理解できる。その構成要素は、食事、会話、移動、性行為、睡眠、だいたいそんなもの。人生で実行可能な行為の種類は打ちのめされるほど少ない。悲しいことに。

夏というのは暑いし外に出る気がしない。僕は自分の部屋で蒼とほとんど毎日会っていた。

「あなたは好きな人とは性行為をするの？　嘘つかなくていいよ」

「しないよ」

「どうして？」

「うまくいかないんだよ」

「どっちの問題？」

「どっちも。あるときは僕がダメで、あるときは相手がダメ」

「どういうところまで未遂をしたの？」

「内緒」

僕は別に、蒼とある日突然会えなくなっても何も悲しくないだろう。

「セックスしながら死んじゃうのもいいかもね。ネットできつい睡眠薬を買って飲んで」

「僕は一人で死にたいから」

「冷たい奴」

破滅の瞬間が早く来てほしい。僕は破滅したい。待ちきれない。問題はいつ破滅するかだ。その気になればいつでもできる。それは快楽と解放で、一瞬だ。救いは一瞬。あとはまた絶望が続く。彼女の首に手をかけ、射精を先延ばしにしながらそう考える。早く破滅したいがまだそのときじゃないと。

「私、夏は自分の身体がゆっくり腐敗していくような気がする」

「今部屋で死んだら、すぐに腐敗が始まるだろうね」

「私たちを誰も発見しないならね」

「しないよ」

「だから生きることで、私は腐敗に抵抗している感じがする」

一方僕はというと、その夏、自分が生きたまま腐っていくような気がしていた。

「何か面白いことないかな」と蒼が隣でスマホを弄りながら零す。彼女は日々つまらなさそうな顔でスマホをスワイプし続けた。

現代はコンテンツの切り替えが容易だ。映画漫画小説ゲーム音楽動画ＳＮＳを無限に遷移し、ドーパミンを途切れなく放出させ続けるのが十代の標準的ライフスタイルとなった。三秒以上の情緒的空白に誰も耐えられない。スマホの黒い画面に反射した自分の無様な顔を見て、現実に引き戻されたりなんて誰もしたくないから。

あらゆる表現は過剰になっていく。過剰に深刻で刺激的で、笑えて泣けて踊れて他者を断罪して怒ることができて痛ましくて可愛くて、それでいてすぐに忘れられるどうでもいいものがいい。深刻なトーンを纏いつつ、根本的に自分の実存と切り離されているから、後には残らなくてすぐに細部は忘れられる表現がいい。

そのようにしてやがて相似形になっていくコンテンツを超スピードで消費し続けるうち、ユーザーの脳は薬物依存症患者の脳に酷似《こくじ》していく。いっそ脳の松果体《しょうかたい》に直接電気的刺激を与えて気晴らしをしたい。そのほうが時間あたりの効率が良いだろうから。早くそんな未来が来ればいいと思う。

「アリオ、今、何の動画観てたの？」

蒼は覗き込もうとしてくる。スマホの角度を変えて、彼女の視界に入らないようにする。

「効率的な人生を送るための究極のライフハック三十六選。あとで動画リンク送るね」

「いらない」

たまにＳＮＳで殺人動画がアップロードされる。当然数日、あるいは数時間でプラットフォーム側に削除されるが、それまでのタイムラグがあるので非公式ツールを使用して動画は保存しておく。情報収集方法はいくつかあり、偶然出会う可能性もあれば、そうした動画を紹介しているアカウントをフォローしておく方法もあるが、例えば非公式ツールによって保存された動画のランキングを確認すれば、個人により私的に作成された大量の自撮り性的動画に混じって殺人動画がランクインしているときがあるため、すぐに保存する。

青森駅付近でペットショップ店員が日本刀で知人を惨殺した事件の動画。上野駅構内で大学生の男がナタを振り回した通り魔事件。飛び降り自殺した女子中学生がスマホで動画配信しながら屋上から落下した事件。暴力団関係者と見られる男が抗争相手を拷問している動画。反射ですぐ保存する。

夜、蒼と一緒にサブスクで『恋する惑星』を観た。僕がそれを観るのは二度目だった。

「その時、ふたりの距離は0・1ミリ。57時間後、彼は彼女に恋をした。」

この映画には、そんな有名なフレーズがある。

現代の技術でスマホの位置情報を解析すると、交際相手と出会う前からどこかですれ違っていることは現実によくあるらしい。

「中高時代は多摩川の近くに家があって、よく河川敷を散歩してた」

「僕も多摩川の近くに住んでた」

「昔は近所に住んでたんだ、私たち。私の家が引っ越したからね。じゃあ、あの頃、もしかしたらすれ違ってたかもね」

「そうかもね」

「だからなんだって感じだけど」

「まあね」

＊

ＳＮＳのタイムラインを見ると、どういうアルゴリズムか、ジョーカーの投稿がおすすめに表示された。

ジョーカー @jorker_0893
君もいつか死ぬ。誰も彼もひとしなみに。私が殺すかもしれない。

深雪とは全然連絡が取れなかった。

僕と蒼はその夏、ほぼずっと一緒にいた。

たぶん僕は蒼の「彼氏じゃない人」の代わりだという気がした。それで良かったし、そのほうが気が楽だった。

ダラダラと惰性で馴れ合う。倍速で観る映画のように、日々は無感動に素早く過ぎ去っていく。曖昧な関係で、突然蒼にブロックされたらそれで終わる。多少僕は落ち込むだろう。でも、こういうなんだかよく分からないあやふやな感じが居心地が良くて楽で気分が良くて、そういう風に蒼と過ごせる自分に僕は少し酔っていた。

「現実逃避クラブだね、私たちは」

カラオケで彼女はそんな話をした。大学近くのカラオケボックスに二人で入り、マイナーな曲を歌う。僕と彼女は少しだけ音楽の趣味が被っていた。

「自分にとって大事なことから目を背けるために会ってるような感じがする」

それはそれでいいんじゃないかと僕は思っていた。

二人でカラオケで曲名でしりとりしながら歌った。岩盤浴で熱さに耐えながら薄い色と濃い色の石でオセロをした。二人で一緒に朝までｉＰａｄで漫画を読んだ。闇鍋を作って食べたあと、僕が蒼に化粧をして出かけ、クラブで身体を揺らした。滅茶苦茶な彼女の化粧を見て、すれ違う男たちが困ったように笑っていた。

彼女の知り合いが通っている深夜の女子大に忍びこみ、その彼女の知り合いと飲み会をしたあと、警備員に見つかって走って逃げた。

二人でボートを漕ぎ、映画を観た。手も繋いだ。

蒼と夜に江の島の海岸線を歩いた。昔、深雪と一緒に歩いたのと同じ場所だった。

本当はこういうことを深雪としたいんだけどなと思いながら過ごす。でもお互い様だから。罪悪感を抱かなくて済むからいい。お互い好きな人がいるのだから。目を閉じると蒼が深雪になる。彼女も僕を頭の中で他の人にしている。お互いに都合よく利用し合う、代償行為の共犯関係。

蒼が本当に好きな人は誰だろう？

普段何でも話すわりに、蒼はその相手のことを僕には一切話そうとしなかった。さわりすら話す様子がない。それは市堰だろうか、誰だろうか。でも、僕にはどうでも良かった。本当はあまり興味がなかったから。

僕と蒼はたぶんお互いのことがうっすらと嫌いだった。

それがちょうど良くて、居心地が良かった。

蒼と一緒にコンビニに行く。深夜に。アイスとか買いに。手を繋いで。僕がコンビニ袋を持ち、彼女が鍵を開ける。

不毛な現実逃避。人生に楽しいことが何一つないのだと再確認するため。そしてやっぱり全部楽しくなかった。

現実逃避クラブの終わりは突然やってきた。

急に僕の家のインターホンが鳴った。

出ると、警官が三人立っていた。

刑事と名乗った男は怖い顔をしていた。まるで僕の部屋に死体でも隠されているかのような調子だった。

「あなたに話を聞きたいんだけど」

振り返ると、蒼が怖いものを見るような顔で僕を見ていた。

「長引きそうだからいったん帰りなよ」と僕は彼女に促した。

「うん。分かった」

彼女は少し動揺した様子で僕の家を出ていった。

こんな顚末で、僕と彼女の現実逃避クラブは急に解散することになった。

＊

さて、新しくジョーカーの事件に進展があった。

しかし今回は少し洒落にならない。井の頭公園の池で死体が発見され、近くの茂みにジョーカーのマークが描かれていた。今回は犯人が見つかっていない。そしてジョーカーはネット上で、これも自分の犯行だと宣言していた。これでは、本物の犯行宣言だ。

ネット上は混乱していた。そして僕も。一気に深刻なトーンを帯び始めていた。

当初は、犯人が逮捕された解決済みの殺人事件にマークが残された。これはただの悪戯として処理されていた。

ところが、今回は犯人が不明の殺人事件現場にマークが描かれていた。これでは話が違ってくる。いったい誰がマークを描いたのか。マークを描いた人間が人を殺したのか。それが重要な意味を持ち始める。そして、このマークは過去のユリオの事件でも使用されていた。マークの内容を知る人間の数は限られている。

そのうちの一人がこの僕だ。

だから警察が僕に話を聞こうとしたことは分からなくもない。僕には何も身に覚えがなかったけど。

「あの。監視カメラとかに何か写ってたりしなかったんですか？　確認してますよね」反応を見たくてとりあえず僕は訊いてみた。

「それが、何も写ってないんだよ」と警官は困ったような顔をした。

これではっきりした。

ジョーカーは監視カメラを避けている。

事件現場近くの、カメラに写らない場所を探して、そこにマークを残している。

上野駅の事件では現場近くの公衆トイレ。八王子の通り魔事件では二百メートル離れた路地裏。井の頭公園の事件では現場から少し離れた茂み。

いずれも犯行現場のすぐ近くに描かれているわけではなかった。どれも少し離れた場所だ。

「とにかく、何か気づいたことがあったらなんでも教えて」

警察は腑に落ちない顔で帰っていった。あの様子では、何かの証拠を摑んでいるというわけでもなく、僕が犯人だと疑うに足る証拠もないのだろう。そもそも僕は何もしていないが。

ともかく、自分が警察に疑われているとなると、話が違ってくる。


僕は落ち込んだときいつもするように、殺人動画などを見て気を静めることにした。僕の残虐動画コレクション。しかしふと気づいた。というか、もともと認識していたが忘れていたことを思い出した。ジョーカー事件のうちの一つの動画を僕は保存している。上野駅の男子大学生通り魔三人殺傷事件。拡散されたあとに削除されたその動画には、犯人の顔が映り込んでいた。気になって拡大して観る。

鳥肌が立った。その顔が僕に少し似ていたからだ。

何かがおかしい。慌てて検索した。

調べていくうち、僕はジョーカーが犯行宣言をした事件の加害者の、顔写真の類似性に気づいた。

犯人たちの顔。

その誰もがどこか僕に似ている。

みんな顔が似ているのだ。

何の共通点もない犯人たちの顔が似ている。

そしてそれは僕に似ている。

殺人犯の顔が全てどこかしら自分に似ている。

嫌な予感がした。

僕と顔が似ている人間を、誰かが犯人に仕立てている？　自分もいつか犯人に仕立て上げられるのだろうか？　ぞっとした。ジョーカーは似た顔の人間を選んでいる。何かが起きている。

それが何なのか、まだ僕には明瞭には分からない。

ユリオ

ユリオはその日、深雪の家に侵入した。

深雪に用事があると言って深雪の母親を呼び出し普通に玄関から中に入り、それからユリオは無言で居間に行き朝食をとっていた深雪の父親を刺し殺した。

深雪の父親の身体をユリオは包丁で五十七回刺した。

だけど僕にはそれが少し不思議だった。

ユリオならもっと理知的に人を殺せたはずだ。

それなのになぜ、どうして、という気持ちが、僕には常に付き纏っていた。

あの日、ユリオは犯行に及んだあと逃亡し、最終的に自殺した。

その後、事件が明らかになると、ユリオの裏垢はすぐに特定されて炎上した。

彼はそこで自分の妄想を書き続けていた。ユリオは、自分の犯行の動機を全て自分の妄想のせいにしていた。これは全て神のお告げなのだと。ユリオが妄想に囚われていたのだと解釈した人は多かった。

でも、僕はそれは嘘だと思う。

ユリオは妄想でおかしくなんかなっていなかった。人は裏に隠された本音は真実だと容易《たやす》く信じがちだ。でも、彼にはもっと他に隠したかった真の動機があるのだと思う。

それは何なのか。僕はそれが知りたい。

ユリオが深雪の父を殺した気持ちはなんとなく分からなくはない。

でもユリオの自死の理由は僕にはいつまで経っても全然分からないのだ。

ユリオはなんで死んだんだろう?

野崎

ユリオの死後、僕の家と深雪の家は何度か会合を開いた。

阿部家は、父方の祖父母を含め親族が大勢参加した。

阿部家の親族はありとあらゆる罵声を樋渡家に浴びせかけ、それは時折僕にも及んだ。

「彼はおぞましい子どもだ。何をするか分からないじゃないか」

僕はただじっと耐えていた。感情を露わにしないように。そして、人間の醜悪さを観察しているという気分で彼らを眺めていた。「彼も悪魔の子どもだ」と叫ぶ人もいた。僕はただ深雪と目を合わせて、困ったな、という顔でお互い見つめ合っていただけだ。

しかし、そこに阿部家の親族として居合わせた野崎さんだけは違った。

「アリオ君は、ユリオとは何も関係がない。彼は別個の人間だ。彼に対して怒りをぶつけるのは理不尽で不条理で何も正当性がない。恥ずべきことだと思う」

当たり前の正論だったが、それを言う人がその場に誰もいなかったのだ。

*

「あのとき、なんで僕に助け舟を出したんですか？」

野崎さんの病院で、仕事終わりに二人で軽く酒を飲んでいたとき、僕は彼に訊いてみた。

「そんなことしたっけ」と野崎さんは惚けるように言った。

「そうだな……思うに俺があいつらの何が嫌だったかというと、それは、彼らの遺伝子に対する考え方に同意できなかったからだと思うんだ」

「遺伝子についての考え方？」

「俺は一応、学生時代はそんなことを研究していたから」

「色々やってたんですね」

「昔、一瞬、外科を目指したこともあったけど、手術中に人の命を扱うことが怖くて泣き出しちゃってさ。それで外科医は諦めた。それから試行錯誤して、医師になってから研究室に戻ったりもしたんだ」

「意外とナイーブなんですね」

「そうだよ。ともかく、俺が思うに、彼らは素朴に遺伝子の力を信じ過ぎている」

「詳しいんですか？」

「博士課程まで研究してたから。確かに双子というのは、遺伝情報がほぼ同一といっていいくらい酷似している。厳密には相違はあるが。ほぼ自然に生じるクローンといっても差し支えないくらいだ。

双子だからアリオも人を殺すかもしれないという考え方は、素朴に、遺伝子が同じ人間は同じ行動を取るかもしれない、という考えの帰結だろう。だけど現実は違う。ほとんど同じDN

Aから生じても、人は違う人間に生まれ育つ。実際、遺伝子の研究の世界では双子研究というのがポピュラーだ。ほぼ同じ遺伝情報を持った人間がどれだけ違う人間になるのか、ならないのか」

「どうなるんですか？」

「当然、遺伝子で人間の行動が全て決定されるわけではない。人間の行動は主に遺伝と環境要因に左右される。人は自分の環境をどの程度自由意志で選択できるのかは正直よく分からない。ただ、大多数の人はこの問題に無意識的には薄々気づいているものの、そのような問題は存在しないこととして生活している。それは第一に、能力主義の競争に勝利して生き残り、強い発言力を手にした人間は、成功の全てが自由意志に基づく努力としたほうが自分自身にメリットがあるからだ。

つまり、一般的に人々は、人間の成功は全て個人の努力の帰結だと信じたがっている。生まれつきの問題、遺伝の問題のせいにするのはただの言い訳だと。

しかしその一方で、何か問題が起きたとき、それを生まれの問題、遺伝の問題に還元《かんげん》する迷信深さも変わらず持っている。

人は天才が好きだろ？

双子だからアリオも人を殺すに違いないなんて、遺伝子を過信していないと出てこない結論だ。それは俺からすれば理不尽に思える。現実には、人の命運は、生まれつきだけでも自由意志だけでも決定されないから」

「野崎さんは例えば、愚鈍な人間が減ってほしいと思いますか？」

「もちろん」

野崎さんは僕のグラスに軽く自分のグラスを合わせて音を鳴らした。

「技術が進歩すれば必要とされる精子の数はこれまでよりもぐっと減少する。本当に少数の精子しか人類は必要としないだろう。最も現実的かつ効率的なのは、平凡以下の男性を社会的地位が低い労働に従事させた上で、複雑なロジックにより有耶無耶《うやむや》にして、彼らとの人間的な交流の一切を断絶することかもしれない。平凡以下の男性とすれ違っても目を合わせず、自分と同じ人間だと思わず、しかしそれを決して口に出さず、その感覚を一生言語化することなく、つまり気づくことなく人生を終えることができればそれでいいわけだから」

「でも、人間の知的能力は、社会的成功にとって重要な要因です。人間の知的能力の大部分が遺伝に左右されるなら、強力な遺伝子を持ったパートナーを必要とする欲求はごく自然で現実的です」

「弱い遺伝子を有した人間から生殖の権利を奪う。それを、国家権力が明確な意思に基づいて実行することは不可能だ。現代的な意味あいでの人権を尊重しつつ、実質的に断種を実行するにあたって有効な解決策。それが無視だ。性愛は能力主義的なものとなり、市場で公平に取引され、見えざる手で調整され、結果として弱い遺伝子は無視という形で排除されていく。恋愛市場に対して小さな政府であり続けることで、それを国家は黙認しているともいえる」

「弱い遺伝子は生き残る意味があるんでしょうか？」

「そりゃあるよ。あるということになってる。人類の存続にとって多様性が確保されることはメリットだ。それ以前に、そうした存在も尊重されるべきだろう。しかしそのような論理と倫理とは別に、弱い遺伝子はこれから淘汰《とうた》され消えていくかもしれない」

「弱い遺伝子と強い遺伝子というのは相対的なものでしょう？」

「もちろん。環境が変わればその評価も変わる。優秀さの尺度も変わるだろ。人工知能が発達すれば、知的なことにはさほど価値はなくなるかもしれない。少なくともある種の知性は必要とされなくなるかも。例えば論理的思考力とか。暗記や暗算の能力が昔ほど重要視されなくなったことに似て」

「人が重視する個性は変わると思いますか？」

「そんな事例はいくらでもあるだろう。遺伝子が強い弱いは絶対的なものではない」

「もし、酷い遺伝子だけを寄せ集めて作られたような人間がいたら……」

「いないさ。そんなの」

「もしいたら」

僕は野崎さんを遮って喋った。彼は少し驚いた顔で僕を見た。

「そういう人間にも生まれてきた意味はあるんですか？」

「あるだろう。人類の存続のためには」

「別に僕は人類の存続のために生きてるわけじゃない」

「俺だってそうだよ」

それから僕は、帰ります、と言って野崎さんの病院を出た。

九月

ホテル変死体
犯人の女性を逮捕

　ホテルの客室内にて男性の変死体が発見された。警察は防犯カメラの映像から大学生の上仮屋志乃と佐々木良次を逮捕して取り調べを進めている。上仮屋容疑者は、交際相手の佐々木容疑者と共謀し、被害者をホテルに誘い、ビニール袋を用いて窒息死させた疑いを持たれている。二〇三六年九月九日（S新聞）

ユリオ

ユリオが、死ぬ数日前、学校帰りに橋の下の川を見下ろしながら言っていた。

「透明になりたいな。誰にも意識されず、誰とも関係のない、何も現実的なことに影響を及ぼさない、幽霊みたいな存在になりたい」

「どうして?」

「この世に悪い影響を与えなくて済むし、僕も世界から悪い影響を与えられずに済む」

「自分が自分以外の存在と関わることで、悪影響を与えると思う?」

「思うよ。僕は。アリオはどう?」

そりゃ思うけどさ、と感じた。ただ、そんなことを言っても仕方がないだろう。生きてしまっているんだから。

たまに、ユリオが僕を殺して入れ替わり、アリオとして生きていってくれたらよかったのにと思う時がある。

僕はアリオとして生きるのではなく、ユリオの代わりにユリオとして死にたかった。

ユリオと僕の遺伝的共通性を思うと、自分がユリオになっていてもおかしくなかったと思う。自分がユリオでないのは、ただの運と偶然にすぎない。それが幸運だと素直に思うことも僕には難しい。そんなことを思うのは虚しい。

ユリオはあり得たかもしれない自分のもう一つの可能性だ。ユリオのことを思い出すたび、自分という存在が偶然の産物でしかないことを痛感する。

＊

天気は陰鬱《いんうつ》で、その月は日々雨が降り続けており、精神的気分は下落を続けた。要するに僕は抑鬱《よくうつ》傾向にあった。

ある日、大学の教室に行ったとき肌で感じた。噂が広がっている。僕の話を誰かが広めたのかもしれない。居心地が悪かった。

僕は大学に行くのをやめた。

正直に言えば、僕は、今でもたまに人を殺したいと思う。

死ぬまでに一人、殺すとしたら、それはいったい誰だろう。時々そんなことを考えてしまう。この気持ちについて、精神科医に全てを打ち明けたほうがいいのだろうか。しかしそれをいざ言葉にして打ち明けると、何か面白い感じになってしまうのが怖くて、僕は未だに言い出せずにいる。

急に人を殺したい気持ちが抑えられなくなる日が来たらどうしようとたまに不安に思う。僕は自分を自室に監禁、つまり引き籠って、誰も傷つけないように生活するべきだろうか。それも一つの考えだ。

いつも僕は精神科医と面談し今月も何も問題なかったと告げている。これまで大した会話のなかった精神科医に突然、自分は実はかねてより殺人衝動を持て余しているんですがと相談したら、どんな反応をされるだろう？

そしたら僕は治療してもらえるだろうか。『時計じかけのオレンジ』のアレックスみたいに。僕は自分を治療すべきだろうか。そうかもしれない。だけど僕は正しくは生きられない。歪んだままで放っておいてほしい。

月に一度、新宿の精神科に行く。つつがなく処方箋《しょほうせん》を受け取るためには品行方正にしている必要がある。このときだけ僕は背筋を正して落ち着いて振る舞う。

「変わりないですか？」

「とても調子良く過ごしています」

「そうですか。それは良かった」

このとき、少し、いわゆる生殺与奪権《せいさつよだつけん》を握られているという感じがして辛い気持ちになる。自分の殺人衝動や希死念慮《きしねんりよ》について話したことはない。相談したからどうにかなる問題でもないと思っているからだ。

この新宿の病院はヤブで有名で、欲しい薬をすぐに望むだけ出してくれると評判だ。ネットでは院長の黒い噂（患者に手を出しているとか）が書かれていて、平時ですでにプチ炎上という感じだが、どうかこれからも健全に営業を続けてほしい。新しい病院を探すのは少し面倒だから。

精神科の患者の診断は患者の自己申告が判断材料になる。ここには問題が存在している。物理的指標で判定するのが困難なことだ。例外はあるが、基本的に血液検査やレントゲンのような検査は存在しない。したがって患者の言動から医師は病気を推理する。しかし仮に患者が、自らが望む薬物を処方してもらうために典型的な病状を完璧に演じ医師を操ろうとしていたら、見分けがつかない可能性がある。

それに、今は精神的な病気について、ネット検索をすればいくらでも情報を得ることができる。そして病院に通う前に人は検索結果を読み込んでから通う場合があり、典型的な症例を無意識に内面化して演じる可能性がある。後者には悪意が存在せず、完全にその可能性を排除する方法はないように思える。

そういうわけで、自分が本当に何か脳に問題を抱えていて薬を必要としているのか、それとも、薬が欲しいから病を演じているのか、自分でも判然としなくなるときがある。

この類の、内面を偽ることにメリットが存在するために、それを半ば強制されているかのように感じながら、不本意な自分を演じさせられる羽目になるという場面には、生きていれば幾度となく出くわす。

例えば、就職試験などで受けさせられるＳＰＩの性格診断テストは、精神科での受け答えと同じく、自分を偽ることが可能な試験だ。

商社の総合職を受けていて、たとえ自分がそうだとして「他人と仲良くするより一人で芸術に没頭するほうが好き」に「はい」と答える人間がどれだけいるだろう？　とはいえ世の中には素直な人間というのが一定数いて、そう答えることもあるのだろう。それは知っている。僕のようなうがった考えの人間ばかりではないことくらい。人類全員が僕のような考えになれば、早晩世界から人間は消失する。子どもを作る気も社会に貢献する気も何もないのだから。

茶番劇というのがひねくれているのであればこれは一種のゲームだ。ゲームだから攻略法があり疑問を検索すればそれは大抵グーグルの検索順位の第一に表示される。問われているのはセルフコントロール能力、自己を適切に偽ることができる能力の有無だ。現代を生きる限り人は「お前は自分をうまく偽ることができるか？」という類の無数のテストに晒され続けることになる。そして、その回答に失敗するたび、少しずつ損をするように現代社会は設計されている。その損は積み重なるとやがて取り返しがつかないほどの差となる。もし自分が社会的に好ましい内面を持っていないなら、いわゆる良い人ではないのなら、嘘をつくスキルは生存のために重要だ。資本主義も社会主義も、その点では同質のシステムだと僕は勝手に了解している。僕が高校時代に性行為をいくつか経験することができたのも、結局は僕が自分を偽る人間だったからだ。

僕には、ありのままの自分なんて誰も受け入れてくれない、という確信があった。

子どものときは神童だったが、一切が狂い、今の自分は低脳とまではいかないが微妙な凡人だった。弱い人間は生活上嘘をつく必要に迫られる場合がままあるわけだ。

市堰

　ともかく僕はその月、出かけるのは日に一度コンビニだけ、食パンとプロテインで生活した。食事に金も労力もかけたくない。自分みたいな人間にあまり味が良い物を食べさせたくない。コンビニ弁当ですら贅沢だと感じていた。

　僕はいつも部屋にひからびた食パンを常備している。新品より少しくたびれたスニーカーやTシャツのほうが洒落ているという価値観に似ていると自分では感じているが、これは誰にも共感されないだろう。

　そのパンにマヨネーズか何かを塗って口に運ぶ。それを一枚か二枚食べたら、食事は終わりだ。不味くて苦い常温のペットボトルコーヒーで流し込む。プルーストは一日の食事をクロワッサン二つとカフェ・オレで済ませたというが、僕は当然彼ほどパンの味に拘《こだわ》りはない。

　ともかく家にいるときは基本的にこれしか食べない。大袈裟に言えば現世に執着を持たないための訓練、より素朴に表現すれば、何もかも面倒臭く生活の全てに興味がないだけだ。

　僕は頼りない自分の海馬にアクセスして痕跡を探ったが、自分の人生にかけがえのなさなど見つけられそうになかった。何もない。僕の人生の果てしない無意味さ。

　ミシェル・ウエルベックは性行為に束の間の救いを感じているように思えるが、僕は性行為よりは自慰に救いを感じる。性行為に付随する生殖の可能性に常に怯えているからだ。避妊について考えるとき、僕はいつも村上春樹の小説の書き出しを思い出す。完璧な避妊法なんて存在しない。僕は自分の惨めな人生を再生産したいとは、やはりどうしても思えない。

あの日の後から、深雪とは連絡が取れなくなった。メッセージに既読がつかない。メッセンジャーアプリの使用が一般的なものとなって以来、人類の意思疎通上の新しい悩みの主題はこの〝既読〟〝未読〟問題にあった。その機微《きび》を敏感に読み取ることはコミュニケーション上重要だ。既読無視（明示的な無視）と未読無視（非明示的な無視）の使い分けと読解。知人とこのまま音信不通になるかもしれないという可能性と、僕の世代は常に隣り合わせだ。確認すると、今のところ深雪からブロックはされていなかった。

＊

その月最後の日々、僕は市堰と酒を飲み続けた。アルコールがなければ、彼と親しくなりはしなかっただろう。市堰はアルコールの加減を知らず常に飲み過ぎた。僕は彼にうんざりしていた。彼と縁を切らない自分が不思議だった。

エナジードリンクで強い酒を適当に割って作るカクテルもどきにしてもそうだが、僕と彼の会話には大した含蓄《がんちく》がない。とはいえ馬鹿は嫌いだが、その浅さが心地よかった。会話の文化的教養のなさ。それが良かった。

僕は市堰が嫌いではなかった。要するに彼には破滅の予感があるから許せた。いつか彼が取り返しがつかないくらい破綻《はたん》するところを見たいと、心のどこかで期待していた。

「俺たち、大学に行かなくていいんだろうか」

市堰がどこの大学に通っているのか、そういえば訊いたことがない。大学生とは聞いた気がするが、彼がどこの誰で何をしているとか、そういうフェイスブックのプロフィール的な情報をまるで知らない。単に興味がなかったのだ。そしてこれからも別に訊かないだろう。

「テストだけ受ければなんとかなるよ。たぶん。知らないけど」

明け方まで飲んで僕の部屋で雑魚《ざこ》寝《ね》して、朝起きて二度寝して、夕方頃に再び起きて「飲みに行こうぜ」と市堰は言った。

結局、僕たちは交代でシャワーを浴びて外に出かけた。


ある夜、ビールが百九十円で飲める騒がしい新橋の激安居酒屋で市堰は言った。

「なあ、俺たちに自由意志ってあると思うか?」

「それは複雑なディベートの議題だな」

そう、それは実際のところ難しい問題だ。そう簡単にあるともないとも言い切れない。あると言い切ったほうが共感を得やすいのは知っているけど。

「最近の脳神経学の研究で、脳は行動の〇・五五秒前に、思考が始まるより先にすでに行動を起こし始めていると言われている。その〇・三五秒後、自分の無意識的な判断による行動を説明するために、事後的に意識が立ち現れる。あたかも自分の考えに基づいて行動したかのような解釈が成り立つように。ところが実際には因果関係は逆の可能性がある。意識より先に行動が始まっている。だから人は意識的に自分の行動を統制しているわけではない」

「それウェブの『ＷＩＲＥＤ』で読んだよ。確か、行動準備開始から実際に行動を開始する間の、その行動前の意識的判断の〇・二秒間だけ、人は自由意志で意識に干渉して自分の行動を変えられるって説だよな」

リベットの実験と呼ばれるその有名な実験の結果は、自由意志についての議論を喚起した。

「〇・二秒でいったい何が変えられる？」

「単純なことしか変えられないんじゃないか？」

「例えば？」

「殺すとか殺さないとかだろ。こいつ殺してやる、と思っても、思い留まることはできる」

「逆に自由意志で、思い留まらないこともできる」

「そうな」

その〇・二秒に思いを馳せる。自分を変えられるとしたら、その一瞬で僕は何を変えられるだろう。

僕と市堰は、お互いの部屋や、公園のベンチ、河川敷、路上、その他ありとあらゆる安いチェーン店でこの類の無意味な話を続けた。延々と。夏の終わりに。

今年の夏も不毛に過ぎたのだ。

深雪

深雪はジョーカーかもしれないと僕は疑っていた。

尾行はできればやりたくなかった。でも他に良い方法が思い浮かばない。僕は彼女の家の近くで待ち伏せし、出てきた彼女の後をつけた。僕は変装のため、今まで一度も深雪の前では着たことがない服を着てサングラスをかけた。自分の趣味とは系統が完全に別の物をＺＡＲＡで適当に揃えた。つまり、ジルサンダー風チェルシーブーツに、ロエベっぽいニット、ボッテガ的リュック、全身をイミテーションで包み、Instagram に存在する量産型若年アジア男性ルックを装った。しかし時々、こういうのは、偽ブランド品よりも、余程巧妙でいやらしいと感じる。問題は、クリエーションとコピーペーストの境目が曖昧で、そんなものは本当はないかもしれない、ということにあるのかもしれないが。コピー、イミテーション、シミュラークル。僕たちの日常には常に偽物が溢れ、今ここの感情ですら本物やオリジナルではないかもしれないから。

ともかく、僕は深雪とかなり離れて歩いた。彼女が僕のほうに視線を向けることは一度もなかった。

深雪は終電間際の東京行きの電車に乗った。

彼女は新宿で降りて、どこか目的地があるのか、まっすぐ歩いていく。地図を見もせずに。横断歩道の手前で立ち止まるふりをして、グーグルマップを確認したとき、ここが市堰のマンションの近くだと気づいた。

なんとなく、踵《きびす》を返そうとした瞬間、深雪が急に振り向いて僕を見た。彼女ははっきりと僕を認識していた。変装に意味があると思っていたのは僕だけで、そんなものに大した意味はなかったのかもしれない。

「アリオ、何してるの？」

笑う彼女の顔が強張っている。

しかしそれ以上に僕のほうが困ってしまった。どういう反応をしたらいいのか分からない。

「僕はバイトの帰りに歩いてただけだよ」

「そっか」

彼女は何か気まずそうな顔をしていた。直感的に察する。僕は早めにここから立ち去らないといけない。そう思うが、混乱していて、足が動かない。

「そろそろ行くね」

そう言った瞬間、深雪の背後のマンションから市堰が出てきた。

彼も僕を見て、困ったような顔をした。

いよいよ、どういう反応をしていいか分からなくなる。

「先に行ってて」

深雪が市堰に言う。頷いて、彼は先に歩き出した。

「あのね。ごめん。いつか話そうと思ってた」

「分かるよ」

「アリオを傷つけたかったわけじゃなくって」

「分かる。今日は帰るね」

信号が青になり、僕は彼女に背を向けて横断歩道を渡ろうとした。

「アリオ」

彼女が僕を呼び止める。

僕は振り返る。

「何？」

「本当にごめん」

急に彼女の目から涙が流れ出した。目が赤い。それで僕はショックを受けて驚いてしまった。

「なんで泣くの」

信号が青から赤に変わる。

「だって」

「いいから」

そのとき、急に蒼の声がして振り返った。

「アリオ……？」

蒼が僕を見て戸惑ったような顔をした。

戸惑うのは僕のほうだった。

なんでここにいるんだろう。不思議に思う。

「危ないよ、アリオ」と蒼が言う。

そのとき、車の音に気づいて反射的に振り返った。思ったよりすぐ近くに車が来ている。慌てて車を避けた。

「大丈夫？」

深雪が無表情で僕に訊いた。

「待たせちゃ悪いから、もう行って」

市堰を待たせるのも悪いと思った。

そのとき、急に蒼が僕に近づき、半ば強引に自分の腕を絡めて言った。

「私たち付き合ってるの」

戸惑ったが、すぐに全てを察した僕は、約束どおり何も言わなかった。

「すごく綺麗な人だね。おめでとう」

深雪は寂しそうに微笑んだ。

それから彼女は去っていった。

僕は、深雪と市堰が二人でいるところを目撃したことがショックだった。

なぜ、他の誰でもなくて市堰なんか選ぶんだろう。どうして僕じゃなくてユリオだったんだろう。いつも僕は選ばれない。

蒼

その月の終わりに小山が死亡した。蒼は淡々としていた。彼女は、父親のことがあまり好きではなかったから。

しかし、小山は本当に認知症だったのだろうか。

もし、小山を脅している人間がいたとしたら。小山はそいつに、自分は危険性のない人間だと思わせるために、詐病《さびょう》を使っていたのではないか。彼は単に認知症のふりをしていただけだったのかもしれないと思う。

小山の葬式に行くとき、蒼は喪服を着て完璧な化粧をしていた。そんな彼女を久しぶりに見た気がした。

「たぶん寂しい葬式なの」

彼女はただ面倒臭そうな様子で言った。

葬式後、蒼が小山家で遺品整理するのを手伝った。何かの情報を得られはしないかという魂胆で。

二人で小山の書斎のパソコンを見ていく。小山が生前まだ意識がはっきりしていた頃、死後の手続きのために、蒼にログインパスワードを教えていたという。その時点で、見られてもいいファイル以外は消去している気がしたが、念のため確認する。ファイルの量は膨大で何が何だかよく分からない。病院の電子記録も大抵は削除されていて、手がかりになりそうな物は、やはり見つからない。諦めて、遺品の整理に戻ったとき、それに気づいた。

スライド書棚の奥にいくつか分厚い紙のファイルが並んでいた。ファイルを取り出して中を見ていく。書類の体裁や記入されている内容から、それが小山が不妊治療を担当していた患者のファイルだと分かる。明らかに個人情報で、自宅に持ち帰っていること自体が不正行為に該当するだろう。こんな物が手元にあったところで、本来何の有用性もないはずだ。

その中には不妊治療を受けていた人間だけがファイリングされていた。

変な感じがした。

しばらくパラパラとそのファイルのページを捲《めく》った。何かのヒントがあるかもしれないと思って。

そしてやがて気づいた。

上仮屋彩《あや》。

見覚えがある。少し特徴的な苗字。

さらにページを捲る。リストの名前に見覚えがある。

三浦理佳《りか》。中野暁世《あきよ》。

それはジョーカー事件で実際に殺人を犯した犯人及び不審死を遂げた人物の苗字と一致していた。

それから、共通点がもう一つ。患者の血液型は全員、AかOのいずれかだ。それが何を意味しているのか、僕には分からないけど。

何が起きているのだろう。

もしジョーカー事件の彼らが全て小山の担当した患者の子どもだったとしたら？　それは薄気味悪い想像だった。

どうしてそんなことが起きてしまうんだろう？　もし小山の担当した患者の子どもが同一の精子から誕生しているとしたら。あまりその可能性は考えたくなかった。深雪もまた小山が不妊治療を担当した患者の子どもだったから。

＊

彼らのうちの誰かのDNA試料が欲しかった。

新聞で報道されている名前を調べる。

自宅が特定されている人物は三名。SNSのアカウントが特定され、個人情報に繋がる内容を投稿していた人間。そこから住所まですぐに辿られている。

グーグルマップとアップされた写真で確認する。明らかに築年が古い物件にまずは狙いを定める。

井の頭公園で死亡していた中野弘治のアパート。

僕は早速、そのアパートに向かった。

彼の部屋は一階にあった。カーテンがかかったままで、部屋が片付けられたり、新しい入居者が入ったようには見えない。本人の私物がそのまま置かれている様子だ。インターホンを鳴らすが、誰も出ない。

裏に回り、柵を跨《また》いでベランダに入る。周囲に人の気配はない。アマゾンで購入したガラスサークルカッターで、鍵の近くの窓ガラスを切り取る。気配を殺して中に入る。窃盗の検挙率は三十パーセント程度。警察が認知した事件に絞ってそれだ。

侵入後、かつての住人の痕跡を探した。歯ブラシから煙草の吸い殻まで回収する。これらをDNA鑑定に送ることにする。

ついでに彼の室内を改めて観察した。散らかった部屋。ホームセンターのプラ製三段衣装ケース。ダイソーの食器。化学繊維の寝具。知らないメーカーの箱ティッシュ。ビーズクッション。散乱したGUの服。マキタの掃除機。ハトムギ化粧水。缶チューハイとカップ麺の残骸。彼はブログに弱者男性論を書いていた。

ニトリのコタツの上にMDノートが置かれている。開く。死にたい、とたくさん書かれていた。気持ちは分かる。少しだけ。人生、お疲れさま。

帰りの電車の中で市堰からメッセージが来た。

〈今、小山とのDNA鑑定の結果が出た〉

〈それで？〉

〈俺たちの父は小山ではないという結果だ〉

画像でスクショが送られてきていて、見る。親子関係が否定される結果が出ていた。

〈だとしたらいったい誰が父親なんだ？〉

〈分からないよ〉

小山と自分には親子関係がない。彼が僕たちの父親ではないとしたら、僕は何から生まれたんだろう。

＊

水曜日の昼下がり、授業をサボった蒼と虎ノ門に鮎《あゆ》ラーメンを食べにいく。

「インスタで見たときから楽しみにしてたの」

「よかったね」

「最近何してた？」

「大学図書館の書庫で読書」

「へー、行ったことないな。何読むのさ」

「最近、遺伝子に関する本ばかり読んでた。専門書は買うには高いし論文は入手しにくいから。あと、昔の新聞記事も少し調べた」

「でも学部の専攻と関係ないよね？」

「知らないと、解けない謎がありそうだから」

「謎って何よ」

「人の心？」

「そんなの私も分かんないや」

蒼は退屈そうに欠伸《あくび》を嚙み殺す。

そんな話をしてるうちに僕と蒼のラーメンが来る。

そのとき急にある可能性に気づき、僕は彼女が追加で注文していた煮卵から目が離せなくなった。

「何？　あげないよ？　煮卵」

あのユリオの事件現場にあったマークの意味について。

イースターエッグだ。

ユリオとやったゲーム。隠しメッセージ。

もし神様がいるならこの世界にも何かイースターエッグを仕込んでいるのかも、とユリオは言っていた。でも本当は神ではなくても、この世界にイースターエッグを隠すことは可能なのだ。

「大丈夫？　体調悪いの？」蒼が心配そうに僕を覗き込む。

吐き気がした。しかしこれが正しい気がする。

「私が食べようか？」

彼女が自分のほうに引き寄せようとしたラーメンを奪い返す。

ＤＮＡの中に隠しメッセージが存在しているのだ。

ＤＮＡには塩基配列の形でデジタルデータを書き込むことができる。

これは品種改良作物のＤＮＡに電子署名することなどを想定して開発された技術だが、原理的には人間のＤＮＡにも転用可能だ。

データはジャンクＤＮＡと呼ばれる領域に書き込みをする。ただ、こうした処理をすることで、人にどういうバグが起きるのかは分からない。ジャンクＤＮＡはかつて無意味な領域で変更を加えても影響が少ないとされていた。だが、現在では重要な意味が存在すると考えられている。だから、何か人体に問題が生じるリスクはある。

その危険性を考慮の外に置くなら、仕組み自体は簡単だ。文章や音声、テキストなどのデジタルデータをＤＮＡに保存することはすでに実現可能となっている。デジタルデータは画像も動画も全てバイナリで記述されている。バイナリというのは０と１で表現される情報のことだ。

ＤＮＡにデータ保存し読み取る技術は、基本的にはデジタルデータのバイナリ情報を、塩基配列のＡＴＧＣにいったん変換して書き込み、再度バイナリデータに戻すという方法で実現されている。デジタルデータをＤＮＡに書き込む技術の基本原理はそのようなものだ。バイナリをＡＴＧＣで表現するには変換法則が必要となる。

A,T=1 G,C=0

ジョーカーのマークで表現されていること、ここに書かれているのはその変換の原理だ。
例えば、ＤＮＡ上のある部分の塩基配列が人工的に書き換えられ、
ATCGATC TATGTGT TACGGAT TACTCTA TTTAGCT TTGTATT ATTCAGA
となっているとする。

それは、あの例のマークの変換法則に従えば、バイナリデータとしては、
1100110 1110101 1100011 1101011 1111001 1101111 1110101
となる。
これを文字列に変換すると、
fuckyou
となるわけだ。
このように、塩基配列の情報はデジタルデータに変換可能だ。
ではこの変換法則を使用する形で解読可能なメッセージが書き込まれているとして、それはいったい誰のＤＮＡにだろう?
数日後、死亡した中野弘治と僕のＤＮＡ鑑定の結果が送られてきた。
異母きょうだいである確率が非常に高い、そう書かれていた。
彼と僕の遺伝的父親は同じだ。僕の異母きょうだいはこの世界に大量にいる可能性がある。
そして、僕は理解した。つまりあのジョーカーのマークは、僕たち遺伝的異母きょうだいに向けて送られている。あれは、遺伝的共通性を持った子どもたちに向けて送られた、暗号解読コードだったのだと。
これでやっと、起きていることの全体像がだいたい把握できた。
そして僕は、死にたい気持ちになった。

＊

その日、珍しくバイトで残業を頼まれていた。僕は集中してそれをこなし、終わったのが夜九時だった。仕事を終えた野崎さんが、車で送ってくれることになった。

僕は彼の車を降りるとき、座席の隙間にイヤホンを落として帰った。


僕は小山が残した名簿を有効活用できると気づいた。

もし、この名簿に載っている人間の子どもの中から新しい犯人が生まれるのだとしたら、ジョーカーがマークを描く前にその場所に先回りすることが可能なはずだ。

名前をしらみ潰しにブラウザの検索窓に入れる。

一日に一度、名前でニュースを検索して更新し確認する。他に何か効率的な良い案がありそうだが、僕には思い浮かばず、面倒臭いがこのような手段を取ることにした。

犯人の名前が報道された瞬間に、事件現場に行けば、先回りして待ち伏せができるかもしれない。たぶん、これまでの行動の時系列からして、ジョーカーもニュースを確認してから行動している。

迅速に行動すれば次は間に合うかもしれない。

十月

荒川河川敷に遺体
十八歳少年を逮捕

東京都足立区の荒川河川敷にて女性の遺体が発見され、兄である十八歳のコンビニアルバイト店員山本隼人容疑者が殺害したとして逮捕された。山本容疑者は区内のアパートにて妹と母親との三人暮らしだったが、母親がパートに出かけて留守にしていた間の凶行か。二〇三六年一〇月六日（T新聞）

市堰

その後、久しぶりに市堰と二人でいつものＨＵＢに来た。

しかしこの日、僕と市堰の間には緊張感があった。先日の深雪とのことが念頭にあったからだ。

「こないだ、ごめん」

「いいよ別に。謝るのやめろ」

僕の中の一番嫌な予感は、深雪に関するものだ。僕と彼女の両親は同じクリニックに通っていたから。

彼女の血液型はＯで、ＬＩＮＥで訊くと、父はＢで母はＡだと言っていた。特に問題はないが、それだけでは分からない。

僕と市堰は話し合い、深雪のＤＮＡ鑑定をするという結論に辿り着いた。しかしそれは、眩暈《めまい》がするような疑いでもあった。触れずにいたほうがいい真実もある。

深雪のＤＮＡ試料を、彼女に黙って入手するのは少し後ろめたい。結局、市堰が、それは俺が入手すると言った。現実的に、僕は彼にそれを任せることにした。

歓声がして、顔を上げる。

店内のテレビで巨人対ヤクルト戦をやっていた。ボールがスタンドに飛び込む。「この場面ではバントのほうがむしろ可能性が低かったんですよ」野球解説者の確率に対する考え方は時折呪術的な響きを帯びるが、それがゆえに深そうな感じもするから不思議だ。

それから、惰性でスマホを開き、例の異母きょうだいたちの名前をぼんやりと検索した。

検索結果に名前がヒットする。

急に意識が鮮明になる。

事件が起きている。荒川の近くで発生した殺人事件。まだ報道されて間もない。

「市堰、悪い、急いで行くとこできた」

「何？　女？」

「僕の酒飲んでいいから。またな」

僕はグーグルマップのルートに従って事件現場に向かった。

荒川の事件現場は、すでに警察の現場検証は終わったようで、あたりは静けさを取り戻していた。

僕は物陰に座り込み、ジョーカーが来るのを待った。いつ来るか分からない。今夜は来ないのかもしれない。それでも深夜まで待った。

もう帰ろうかと迷い始めたとき、車が近づいてくる音が聞こえた。

同時に、スマートフォンが震え、アラートが表示される。

しかし、何か気配を察したのか、車は止まることなく、そのまま走り去っていった。

僕は車の影すら見ていない。

でも、その人物のことを、僕はよく知っていた。

＊

結局、ジョーカーのマークで解読すべきDNAの情報は誰のものなのか？

ジョーカーの投稿を思い出す。

ジョーカー @jorker_0893
お前の心の中にいつも俺はいる。自分が何から生まれたか知ってるか？

これは、小山が人工授精を担当した子どものDNAを指している。

つまり例えば「お前」は僕だ。

本当だとしたら終わってる。酷い話だ。しかしその可能性を検討せずにはいられない。

問題は、人のゲノムはおよそ三十二億の塩基対からなり、それをATGCで表現した文字列はそれ自体が膨大なデータ量を持つ。僕個人がデータ解析を行い暗号を炙《あぶ》り出すのは、不可能ではないが現実的には少し無理がある。しかし、このような解析に力を貸してくれる企業があるとは思えない。自分自身のＤＮＡにメッセージが書き込まれているので解読したいから協力してほしいと伝えた場合、まず最初に紹介されるのは精神科だろう。

渚さんの顔が頭に浮かぶ。渚さんは大学院で遺伝子を研究している。渚さんに連絡を取り、協力してもらうことにした。

渚さんが僕のゲノムを解析してくれる。

人のＤＮＡにもしデジタルデータを保存する場合、ジャンクＤＮＡ領域を使用していることが想定される。とはいえ、ジャンクＤＮＡにも重要性があるという研究も進みつつあるから気分が悪い。もしかしたらそれが、自分という人間に何か致命的なバグをもたらす可能性があると考えると、最悪な気分になる。

ともかく、渚さんによる解析結果が出るまでは、しばらく時間がかかる。

＊

後日、深雪のＤＮＡ鑑定の結果が出た。

僕と市堰と深雪は遺伝的父親を同じくする異母きょうだいだ。

だからなんだよ、と思いたいが、動揺している自分がいた。

生物は近親相姦《きんしんそうかん》を本能的に忌避《きひ》するという俗説は、必ずしも正しくなく反例はいくつも存在する。近親相姦が許容されるかは、時代や文化風俗によって異なる。

僕は近親相姦へのタブー意識が薄い。別に黙っていればいいと思う。

だが、ショックではないというとそれは嘘になる。深雪と血縁関係があると知り、落ち込んだのは事実だった。

野崎

「アリオから飯の誘いなんて珍しいな」

「たまにはそういうのもいいかと思って」

その日は日比谷の現代的な中華レストランで待ち合わせた。話があると言って野崎さんと会うことにしたのだ。何にせよ会計は野崎さん持ちなのだが。

タイミングを見計らいながら、切り出す。

「そういえば、野崎さんの家の鍵のキーホルダーってどんなのでしたっけ?」

野崎さんはポケットから鍵を取り出し僕に手渡した。それはロエベのトトロだった。

「渚からの」

「別れても使うんですね」

「物に罪はない」

野崎さんの趣味とは思えないけど。

それから僕は、手元で用意してきた見た目が同じ鍵とすり替えて、偽物を野崎さんに返した。かつて蒼が僕に仕掛けたのと同じ要領だ。

「どうした？」

「最近、ひとのキーホルダーに興味あって。自分も新しいのを何か買おうかなと」

「へえ。意外だな」

先日のＤＮＡ鑑定の結果をスマホで改めて呆然と眺めながら、野崎さんと会話を続ける。

「今後、遺伝子工学はさらに倫理を超えて発達すると思いますか？」

「生命科学の発達を倫理によって禁じることは可能だろうか。着床前の診断によるスクリーニングも原始的な遺伝子操作の一種ではないのか。それは現実に合法的に長年行われてきた。どこで倫理の線引きをするのか。

問題はそう単純な話ではない。遺伝子操作には、タックスヘイブンと似た構造の問題があると俺は思っている。

テクノロジーの導入を倫理によって禁止することは、世界中の国が同調しないと無意味だ。例えばピケティは世界中の国が協調して富裕層に重い課税をすることが不可欠だと提言している。租税回避されるから。同様に生命倫理も同調が不可欠だ。ところが現実的に同調は不可能だ。すると一部の国は人の受精卵のゲノム編集を容認するかもしれない。インセンティブが存在するからだ。特に資本や産業がない国の場合、医療ツーリズムの目的地となることや、知的能力を強化したエリートを育成することで、国の経済を向上させられる可能性がある。エンハンスメントによる新しい優生思想の実現を人類は止められないかもしれない。

世界中の国が同調して、同一の倫理を導入することは不可能だ。無理だし、同時に、その実現を目指すべきかどうかも俺には分からない。それもまた一つの全体主義的考え方にも思える。自由主義的思想で世界を塗り潰すべきという意味合いでの全体主義が悪いことではないと考えるのなら話は別で、それもまた新しい議論が生じる余地があるのかもしれないが、その是非の結論を出すのは一介の医師でしかない俺には荷が重い。

遺伝子を改変した子どもを生み出すことに、すでに人類は成功している。技術的には可能だ。中国では二〇一八年、ゲノム編集を施された双子が生まれている。

ダークウェブのサーバーが法律の緩い国に置かれているように、生命倫理についての法律が緩い国で実施されれば、人の遺伝子操作はもはや公然と実現可能だ。

そして実施されることで国家としての競争優位性を獲得できるのであれば、特に発展途上国にとって、やらない理由が見当たらない」

その日の野崎さんは、いつにも増してやけに饒舌だった。

深雪のDNA鑑定について、重要な情報がもう一つ。遺伝的には、僕及び市堰と深雪は異母きょうだいだが、同時に彼女とはいとこでもある。つまり彼女の母親の兄弟が僕たちの父親である可能性が高い。

野崎さんはさらに話を続ける。

「遺伝子編集技術にはメリットも多いから。俺は導入されたほうが人類にとって良いと思ってるよ。仮に、人の受精卵のゲノム編集が一般的なものになり、生物学的な問題が解消され、近親交配による遺伝的リスクを解消することができたら、近親交配はタブーではなくなるかもしれない。それだけ人は自由になれる」

ある意味では、僕と野崎さんは同じ側の人間なのかもしれない。

野崎さんがトイレに立った隙に、僕は野崎さんのスマホを持ってきた電子機器に重ね、Ｓｕｉｃａの情報をスキミングしＩＤを読み取る。目立つ大きさの機械ではない。

その間に並行して、野崎さんの鍵をスマホで撮影する。複数の角度から、念入りに何枚も。

シャッター音を消すアプリを入れているので、音は立たない。

幸い、周囲の人たちは誰も僕に注目していなかった。ＩＤ読み取りが完了し、電子機器をすぐに自分の鞄に戻す。全ては一瞬で済んだ。

戻ってきた野崎さんは何も気づいていない様子だった。

「いつもアリオはどこで飲むの？」

「安い、偽物じみたチェーン店ばかりですよ。ＨＵＢとか」

「若いね。羨ましい」

野崎さんはしばらく考え込んでから言った。

「そういう時期に飲む酒が一番良いよ」

「嫌味に聞こえます」

「この年齢になると、もう何かに心動かされることもそうないから」

食後、彼が先に会計に立った隙に、僕は野崎さんの割り箸をビニール袋に回収した。

「あ、こないだ車の中にイヤホン忘れたので取りに行っていいですか？」

先日の夜、〝探す〟アプリで確認したばかりだ。

そう訊いたとき、野崎さんの黒目が一瞬、鈍く暗い色を帯びたように見えた。でも野崎さんはすぐにいつもの調子に戻った。

「もちろん」

帰り際、野崎さんの車に寄った。野崎さんが偽の鍵をポケットから取り出し、いつも置いている運転席のトレーに入れる。彼が自販機に飲み物を買いに出た隙に、本物の鍵を戻して偽物を回収した。

「ありました」

そう言って、手にしたイヤホンを掲げる。標準の〝探す〟アプリで位置情報を知るために残していたものだ。

「見つかってよかった」

翌日、僕は手に入れた野崎さんのDNA試料を鑑定に送った。

*

僕は実家の鍵を持っていないが、アプリでアクセス権限だけ付与されている。ほとんど実家に帰らないからこれで十分なのだ。このアプリを使用することで、僕は、エントランスと下層階用エレベーター前のオートロックを開けることができるし、マンションの共用スペースを使用することもできる。

実家に帰ると母は出かけていた。誰もいない実家というのは、少し奇妙な感慨が湧く。

それからDIYルームの3Dプリンタの予約表をブラウザアプリから書き込む。この共用設備は普段誰も使っていない。ニーズをロクに精査せず、担当者がノリと雰囲気で設置したことは明らかだった。DIYルームは非常に利用率が低いスペースで、まして3Dプリンタなんてほとんど誰も使っていない。

四階のDIYルームに入り、3Dプリンタを起動させる。履歴を確認したが、最後に使用されたのは半年以上前。その3Dプリンタで、撮影した写真から抽出したデータを元にして野崎さんの鍵のコピーを作成した。強度に問題はあるが、数度使う分には問題がない。樹脂製の鍵だ。これはまったく難しい技術ではなく、僕のような文系私大生でも、グーグルさえあれば即実行可能な程度のことだ。

このマンションの鍵は、タッチ接触で開けるオートロックと、玄関ドアの鍵の両方の機能を兼ねている存在だ。

鍵を複製しようとする場合、オートロック部分の複製は困難だ。しかしそれは別の方法で突破できる。ドア部分の鍵だけの複製は難しいことではない。

あとは上層階用のエレベーターのオートロックとアクセス権限が残る。

このマンションはオートロック解除の手段としてSuicaを利用することができる。彼はモバイルSuicaをそれに割り当てている。

これを彼はiPhoneのエクスプレスカードに設定している。理由は利便性が高いからだ。他のカードと違い、エクスプレスカードに設定したカードは、端末側で操作せずともデフォルトで使用することが可能だ。改札でいちいち操作せずともタッチするだけで通過することができるし、コンビニや店舗での決済もエクスプレスカードは便利だ。野崎さんの場合、家の鍵と紐づいたＳｕｉｃａをそのままエクスプレスカードに設定している。

しかし便利な一方で、スキミングは容易だ。

固有の識別番号であるＩＤｍ番号を抜き出すのは簡単。あとはその固有番号を使用して何らかの形で偽造カードを作ればいいだけ。これもグーグルさえあれば、素人でも簡単に実行できる範囲の技術だ。手軽なのはＮＦＣリーダーライターをエミュレーションで動かして、入手したＩＤｍを持ったカードとして認識させる方法だ。ＮＦＣリーダーライターを搭載したＡｎｄｒｏｉｄ端末でエミュレーションを動かす。

するとタッチするだけでオートロックを突破できる。

別にマンションの住人が誰か出入りするまで待っていてすれ違えばいいだけだが、エレベーターのアクセス権限が問題になる。

端末のタッチでオートロック突破後、同様のシステムでエレベーターのアクセス権限は管理されているため、四十八階に辿り着くまではいける。あとは、３Ｄプリンタで作成した合鍵を使用するだけ。

＊

野崎さんと自分のＤＮＡ鑑定の結果が出る。

野崎さんは僕の遺伝上の父親だ。

野崎さんがジョーカーで全てを仕組んでいたのだとしたら、なぜ彼はこんなことをしたのだろう。

僕が知りたいのはその理由だ。


野崎さんは大学院生時代、小山の研究室に所属していた。

小山がK大で不妊治療を担当していたとき、精子提供を学生に頼っていたとしたら。大学附属病院で不妊治療する際、医学生が精子ドナーになるケースは多かったらしい。野崎さんが精子を提供していた可能性は十分考えられる。

仮に野崎さんがこのような行為をしたいと当初から考えていたとしたら、小山が野崎さんの欲望を叶える手伝いをしたということになる。

小山が野崎さんの不正行為を手伝った、あるいは容認した理由が分からなかった。

もし仮に、小山が何らかの弱みを握られていて、野崎さんから脅されていたとしたら。


小山は当初、精子が不能な夫婦に対してのみ、他人の精子を提供していた。その際、医学部の学生が精子を提供した。

しかし徐々に、小山は、他の不妊治療中の夫婦の治療に際して、説明と承諾なく同様の行為を行うようになった。

彼がなぜそんなことをしたのか。

彼は不妊治療医としての名声を得ていた。治療行為の成績を上げるために、そのような行為をしたのだろうか。

一つの仮説を立ててみる。

あるとき、その事実に野崎さんが気づき、小山を脅迫した。そして不妊治療の際の施術を自分で実施したいと申し出た。それにより、野崎さんは、自分の手で患者の受精卵に操作を加える機会を得た。


そこで野崎さんは、ゲノム編集技術を用いて、殺人衝動に相関する遺伝子をDNAに組み込んだのではないか。もちろん、人の受精卵の遺伝子改変は、倫理的観点から世界的に使用を禁止されている。一方で、技術自体は専門的知識がない人間にも簡単に応用可能な段階だった。技術的には難しくなく、二〇二〇年にはノーベル化学賞を受賞したクリスパー・キャス9を使用することで、コスト的にも比較的安価に実行できるようになった。機材も高価ではなく、ネット経由で容易に取り寄せができる。

現在では人間の個性や能力と結びつく遺伝子が徐々に解明されつつある。

例えば知能指数と関連する遺伝子は五百以上判明している。ＩＱスコア関連遺伝子の研究は特に盛んだ。

そして殺人など凶悪犯罪に結びつく遺伝子の特徴もかなり解明が進んでいる。現代では、殺人犯の弁護のために、減刑のための証拠として犯罪関連遺伝子の存在が提出される事例すらある。

野崎さんは大学院で遺伝子を研究していた。具体的にどの遺伝子がどのように人間に影響を与えるかということについて、彼はある程度最新の知見に精通していた可能性がある。その知見を野崎さんは活用できた。博士課程で研究していた野崎さんには受精卵の遺伝子改変が実行可能だったはずだ。

野崎さんの論文は殺人衝動に関する遺伝子についてのものだった。

つまり、サイコパスで殺人衝動を抱えた男が自己の無差別な殺人願望を叶えるため、ゲノム編集技術を利用して、殺人を犯す可能性が高い子どもを複数生み出した。

その結果生まれたのが、市堰、深雪、僕、そしてユリオだったとしたら。

もし僕が生まれてきたことを肯定的に受け止めていたなら、彼の行為に対して複雑な気持ちを抱いたに違いない。彼の悪がなければ自分は存在しなかったという類のジレンマ。しかし僕は正反対の価値観を有していたので、感情はシンプルだった。生まれてきたくなんかなかったのに。

僕は正直、彼の気持ちが少しは分かった。

世界に悪意を紛れ込ませたい。自分の痕跡を残したい。その欲望は僕にもある。ただ、自分の精子をばら撒きたいとは思えない。酷い話だ。しかしその酷い話から自分が生じたとなるとなおさら酷い。

そして、僕のＤＮＡに書き込まれているのは、殺人に相関性が高い遺伝子だけではない。

＊

渚さんから、僕のゲノム情報を解析した結果についての連絡がきた。

予期していたとおり、僕のＤＮＡには人為的なメッセージが書き込まれていた。

それは三分程度の動画ファイルだった。だから少し解析に時間がかかったと渚さんは説明し終わってる。

その映像がどんなものかと訊くと、観たほうが早いと言う。渚さんは自分でそれについて話したくない様子だった。

送られてきた映像を開く。

それは子どもがベランダの外で逆さ吊りにされているところから始まる。赤いカーテンがかかる窓際から、窓の外のベランダが撮影されている。男の子が、中年の男に虐待されている。場面が切り替わり、別の日、その男の子が床に這いつくばっている状態で、何度も頭を蹴られている。

なんだこれは。

僕は何を見せられているんだ。

その後、今度は逆に、中年の男が縛られた状態で、眠っている映像が映る。男は泥酔しているようだ。

先ほどの少年がやってくる。男の子は額から血を流している。そして男の子は、中年男性のフリースに火を点けた。

それはスナッフフィルムだった。

見た瞬間、僕はそれが本物の殺人映像だと気づいた。

僕はフィクションもドキュメントもこれまで大量に殺人映像を観てきた。

偽物と本物は流れる血の種類が違うし、本物はカットを割ったりしない。現代において、ノーカット長回しで見るに堪える映像は主に二つ。性行為と殺人だ。それが真実の出来事だと、長回しは訴える。

映像テクニックで誤魔化しがきかない角度から、生き延びようがない殺され方で人が死んでいく。悲鳴が消えていく、意識が失われていく過程が、救いようがなくリアルに晒されている。

だから僕にはこれが分かる。

これが本物の殺人の映像だと。

異様なのは、少年が大人を殺しているところだ。

泣きながら人を殺す少年。

僕は彼の顔つきに、その額の傷に、見覚えがあった。

僕が何よりぞっとするのは、彼が決して人生に対して肯定的な考えを持った人間ではなかったことだ。彼もまた人生に絶望している人間だったはずだ。それなのに子どもを産もうなんて。人間を産み出そうなんて。反出生主義者でありながら、裏では大量に人間を再生産していたなんて。

よくもそんなおぞましいことを考えたものだと思う。

彼はいったいどうして？

それを彼は説明してくれるだろうか。今までと同じように。これまで分かりやすく色んな話をしてくれたのと同じように、彼は僕にこの件についても説明をしてくれるだろうか？

そして僕はそのとき、彼の話をきちんと理解して、受け止めることができるだろうか？

でもきっと彼は、そんな説明をきちんとしてくれることはないだろう。

僕は彼を許せるだろうか？

それはたぶん無理だ。

たぶんきっと絶対に、永遠にそれは無理だろう。

でも僕は正直言って、これを見て嬉しかったのだ。ずっと殺してもいい人を探していたから。それがやっと見つかったと思った。こんなに素晴らしい相手はいない。こんなに殺すのにうってつけの人間もいないと思った。それから、面白いなとも思ってしまった。きっと彼はそれを思いついて、面白いなと思ってしまったんだろうなと。だから彼は、それを実行せずにはいられなかったのかもしれない。

十一月

川崎駅で高校生が死亡
突き落とし
犯人は同級生の少年か

川崎駅で高校生が同じ学校に通う女子生徒をホームから突き落とし殺害。

調べに対し、加害者の高校生は故意ではないとして容疑を否認している。

しかし、現場に居合わせた乗客が偶然撮影した動画がネット上で広まり騒動となっている。　二〇三六年一一月一五日（S新聞）

蒼

最後の日の夕方、二人で風呂でアイスを食べた。

電気を消した薄暗い浴室で湯船に浸かり、洗面所の明かりを頼りに彼女と一つのアイスバーを齧《かじ》り合う。なんとなく無根拠に、これが僕と蒼が会う最後のシーンかもしれない予感があった。だから僕は少し感傷的な気分だった。

「お風呂で食べるアイスって冷たくておいしいね」

「そうな」

僕が立ち上がると、彼女が僕の腰を自分のほうに引き寄せ、男性器を指先で弄り、口に含んだ。今まであまり彼女はそういうことをしなかったので、少し戸惑った。

「今日、大丈夫な日だから」

疑わしいなと思って彼女を見る。そんなことを言われるのも初めてだったから。

「最近ピルも飲み始めたし。大丈夫だよ、たぶん」

僕と彼女は結局のところ、夏休み中はほとんど性行為しかしていない。そのせいで角度とか前戯の加減とか性感帯、どこをどうしてほしいとか、お互いに何も考えなくても相手の望みを叶えられてしまう。

ベッドに移動し、彼女は数回オーガズムを迎え、最後に僕の首を絞めて押し倒し、上になって動いた。

「どうしたいの？」彼女が耳元で囁く。

「死にたい」

僕は射精した。

結局、全てが終わった頃には夜になっていた。

朦朧《もうろう》とした意識の中、虚無感があった。

「ねえ。何考えてるの？」

交尾を終えたあと死ぬ生物のことを想起した。こんなことのために生物は生まれてきて死んでいくのかと思うと、生きるのは虚しいと思う。

「もしかしたら、私はあなたのことがちょっと好きなのかな」

蒼は、僕の耳たぶを気安く引っ張って伸ばしながら呟いた。

「それか、もし恋愛が性欲の詩的表現なら、やりたいだけなのかも。あなたは？」

「分かんないよ」

僕は結局彼女の問いかけには答えず、代わりに彼女に訊きたかったことを思い出しそれを口にした。

「蒼は僕に何か隠してることがあるよね？」

すると蒼は諦め顔で天井を見つめ、深く一つ息を吐いてから、絞り出すように声を出した。

「私、水死体を見たことがあるの」

僕は無表情を保とうと努力した。

「そのときから、彼に憧れてる。ずっと」

彼女が僕に手を伸ばす。

「触るなよ」

僕はその手を弾いた。

「どうして怒るの？」

「僕はアリオだから。ユリオじゃない」

「分かってる。落ち着いて」

涙が溢れる。

「ごめん。泣かないでよ」

「違う。別に傷ついて泣いてるわけじゃないんだ」

声が震えてしまう。

僕は戸惑いながら上着を羽織り彼女から遠ざかる。

「行かないでよ。なんか、二度と会うつもりがない気がする」

玄関先で振り返って彼女を見る。彼女は困ったような顔をしていた。

「また連絡するね」

僕はそう言い残して蒼の家を出た。

なぜか頭が重く感じる。彼女から不可思議な呪いをかけられた気分だった。

＊

荒川の事件現場の近くで、車が僕に近づいてきたあの夜。「〝イヤホン〟があなたの近くで見つかりました」とメッセージが表示されたときから、ずっと考えていた。

どうやって彼を殺そう？

ずっと誰を殺していいのか分からなくて悩んでいた。

やっと見つけた殺すべき人間。僕は嬉しくて仕方なかった。

殺すこと自体はそんなに難しくないだろう。

殺し方は今まで色々考えてきた。解体して燃やす。あの〝真心〟みたいに。全てはつつがなく進むだろう。

僕は彼を殺す。そう思えることが僕は嬉しい。

顔が綻《ほころ》び、涙が溢れる。かまわない。

走り出す。

背後に遠ざかっていく街灯とネオンと信号機が、目まぐるしく入れ替わりながら僕の顔を照らす。

今まで本当に生きてきて良かったと心から思えた。

僕は夜の光に包まれていた。

野崎

ある場所に少し寄ったあと、野崎さんのマンションの部屋に向かった。

念のため、深雪と市堰に対して、三十分後にＬＩＮＥの送信予約をしておく。もし何らかの理由で自分がスマホを操作できない状況になった場合、これまでの全ての真相を書いたメッセージと、僕が現在どこにいるのかが送信される。多少の保険にはなるだろう。

野崎さんの部屋にアクセスするためのキーとなる端末を取り出す。オートロックを解除。エレベーターに乗り、認証をクリアする。

上昇するエレベーターの中で考えた。この感情の高まりは、深雪と出会った頃のものと似ていると感じながら。

僕は本当はこんな真相を知りたくなかった。それなのに、どうして隠されている事実を暴こうとしているのだろう。思い出す。それは、ユリオの死の真相を知りたいという気持ちから始まった。

四十八階に辿り着き、３Ｄプリンタで作成した樹脂製の合鍵で野崎さんの部屋のドアを開ける。僕はナイフを手にして部屋に入った。

電気が消えていて暗い。

目を凝らして記憶を頼りに進む。足音を立てず寝室に向かう。

ドアが少し開いている。隙間から中を覗く。ベッドに誰も寝ていない。

何かの気配がして振り返る。

野崎さんが僕の首元にチタン製の黒い包丁を突きつけて立っていた。

「こんばんは」

身動きが取れなくなり、呆然とする僕の手から野崎さんがナイフを取り上げる。彼は僕をリビングに移動させ、床に伏せるよう促す。その後、彼は僕の両手足をロープで縛り、ソファに座らせた。

そして自身も向かいのソファに座り、神妙な顔で呟く。

「アリオが来るって分かってた」

「どうして?」

「直接的には、アリオが3Dプリンタで合鍵を作成したこと。印刷履歴データが残っていた。あれは消さないと。再出力したら、お前が何を作っていたか分かった」

「迂闊《うかつ》でした」

「ブラウザアプリのマンションの共用設備予約申請表で、お前がDIYルームを予約したのはすぐに分かった。お前はDIYなんて人間じゃないだろ」

僕はバツが悪い気持ちになった。

「今はどうして気づいたの？」

「それ以来、就寝後、玄関の人感センサーに反応があると、枕の下に置いたスマホが震えるようにしてある。俺は眠りが浅いから、これで十分だった。センサーが反応し、アリオだろうと思った。包丁をとってきて様子を見てた」

野崎さんは手元のウイスキーを飲み、それからため息をついた。

僕は状況を受け入れ、彼に頼みごとをした。

「葉巻貰えます？　一度吸ってみたくて。どうせ死ぬなら、喫煙で遺伝子が傷ついても問題ない」

野崎さんは火を点けて僕に葉巻を咥《くわ》えさせる。僕は何度か煙を吸い込んでから、もういいです、と言った。彼は葉巻をシガートレーに置く。

「答え合わせがしたいな」

「アリオは全て理解してるだろ」

「野崎さんは、どうして殺人現場にマークを描きこんだんですか？」

「受精卵の段階で、子どもたちのＤＮＡに動画を書き込んだ。そのことが分かるようにメッセージを発したかった」

「僕もこの数ヶ月で、以前よりずいぶん遺伝子に詳しくなり、理解はできます。ただ、普通はやらない。動機は？」

「昔から『誰でもいいから殺したかった』という殺人犯の供述を目にするたびに思った。それなら他に殺しようがあると。自分ならどうするか考えた」

「手を汚さずに殺人を引き起こしたかった。それが遺伝子改変を施した子どもを大量に作った理由？」

「人為的に殺人犯を作るには、殺人の遺伝子が開花する必要がある。才能には環境が必要。ピアニストにはピアニストの環境を。アスリートにはアスリートの。人殺しには人殺しになるための環境が必要だ。ただ、環境を完全にコントロールすることは難しい。だったら、大量に作ったほうが話は早い」

「なるほど」

「既存の研究で判明している殺人衝動と相関性が高い遺伝子を受精卵にゲノム編集で書き加えた。知っていると思うが、人の性格や能力は、遺伝と環境の組み合わせで発現する。遺伝だけでは不十分だ。それに、遺伝と環境の両方を同じに揃えたとして、皆が殺人犯になるわけではない。環境には共有環境と非共有環境があり、環境を全てコントロールすることも難しい。だから例えば、俺が殺人衝動関連遺伝子を持った子どもを生み育てたところで、その子どもが現実的に殺人犯になる可能性は高くない。こんな計画は非現実的だ。しかし、殺人衝動関連遺伝子を持った子どもを一定の数作成すればどうか。一定の確率で、その子どもたちは、殺人犯に育つ環境に出くわす。つまり、適切な数の殺人衝動に関連する可能性が高い遺伝子を有した子どもを作成すればいい。というわけで、お前たちは極端に殺人を犯しやすいリスクを持った遺伝子から生まれた」

「まるでゲームか実験みたいだ。そのために、わざわざ命を作ったの」

「筋が通らないと思うか？」

「別に。生まれてきた人間はいずれは死ぬ。子どもを生むということは、原理的に、死を与えるということだから。ある意味、悪意として首尾は一貫してる」

「お前が怒るのも当然だ。俺は人間の屑だよな」

野崎さんは皮肉げに口の端を歪めて言った。

「それで具体的に何人の子どもを？」

「百三十一人」

思っていたより多い。

「殺人関連遺伝子の相関性と、子どもの人数から計算をして、二十八人程度の殺人犯が生じると仮説を立てていた」

彼を口汚く罵《ののし》ることに意味はあるだろうか？　僕は被害者として彼を断罪してもいい。しかし、それに興味はなかった。僕も人として終わっているところがあったから。

「野崎さんがジョーカー事件を起こした理由が最初分からなくて」

「どんな意図だと？」

「あのマークを強く意識させる。そして、生み出された子どものうちの誰かが気づき、自分のＤＮＡを解析すれば、真実に気づく。あのマークは、百三十一人の遺伝子のジャンクＤＮＡに書き込んだ情報を再生するための変換コードだから。それさえあれば誰でも、自分のＤＮＡに書き込まれたデータを再生できた。そして、僕が見た」

「殺意を感じてくれた？」

野崎さんが浮かない顔で僕を見る。

「少なからず。そして、そのためにジョーカー事件を起こしたんですね？」

「そうだよ。それが重要だった。激怒、憎悪、そして殺意が俺に向くように。子どものうちの誰かに自分を殺しに来てほしかった。そいつを正当防衛にみせかけて、快楽のために殺したかったから」

最初にユリオの事件現場にあのマークを描き残したのは、ユリオではなく、深雪の母親だろう。野崎さんが深雪の母親に指示したのだ。

「野崎さんがマークを描きこんだ殺人現場。その殺人犯は、野崎さんの遺伝子操作で生まれた子どもですね」

「氏名は全部リストに残していたから。リストに関係する殺人が起きたらすぐに行ったよ」

「どうしてマークを描いたの？」

「百三十一人全員に向けてメッセージを発したかった。いずれ自分たちの顔の共通性に気づくだろうと。誰か一人気づけばそれでいい」

「誰も気づかなかったかも」

「だから世間の注目度を上げるために細工をした」

「井の頭公園の事件は、単に自殺だった？」

「報道の直後にマークを描いた。リストにあった子どもが自殺した。そこにマークを描いて、注目度を上げた」

「そして現場近くにあのマークを残した。あれでは、マークを残した人間が殺したのかもしれないと疑われる。実際、警察は捜査を始めた。しかし、疑問があります」

「なんだ？」

僕は野崎さんの包丁の刃をながめながら言った。

「今更、野崎さんが僕を殺そうとする理由が分からない。衝動を抑えられなくなったわけでもないでしょう」

「人を殺したくなったんだよ。人生に退屈していたから」

野崎さんはそう投げやりに言ったが、僕は納得できなかった。

「そもそも野崎さんは初め、どうして人を殺したいと思ったんですか？」

「訳もなくだよ。ある種の小説みたいに何事にも明確な理由を必要としないでくれ。生まれたときからただ理由もなく人を殺したかった。普通の人が誰かに恋したり愛したりするように。それの何が悪い？」

「僕は野崎さんの言うことが信じられない」

僕が冷静に告げると、野崎さんは少し目を見開いた。

違う。彼には隠したい真実が別にある。

「僕は野崎さんの姉、深雪の母親に話を聞いてきたんです」

＊

ここに来る前、僕は阿部菫の病室に行った。

僕は彼女に、スマートフォンに保存してきた、自分のＤＮＡに刻まれた殺人動画を観せた。

「この動画の撮影者はあなたですよね？」

「そうね。虐待の記録だった」

「誰が父親を殺したんですか？」

彼女は微笑んだまま何も答えない。

「もしかして、二人で殺したのかな。父親を縛り、火を点けて焼いた。検死に回されたとき、他殺と判定されないように。でも、どうして野崎さんは動画をＤＮＡに保存したんでしょう」

「あなたはどう考えてるの？」

「警察に疑われた場合、彼は一人で罪を被るつもりだった。あなたを守るために、殺害の動画を保存していた。それから月日が流れ、彼はこの動画を使うことを思いついた。ゲノム編集を施されて生まれた子どもが自分のＤＮＡに保存された映像を確認し、それを見ることで自分の元に辿り着くように」

「あら、そうなの？」

驚いた。急に彼女が無表情のまま涙を流したから。感情が動いていない顔で、僕は怖くなる。何を言っても無駄だと悟った。彼女は誰からも説得される気がなく、自分の本心を話す気がない。

もし深雪の母親が全てを意図的に考えて実行し、深雪や野崎さんを操っていたのだとしたら。そう考えると怖くなった。

＊

気づいたきっかけは、野崎さんが深雪にプレゼントした本だ。カズオ・イシグロの『わたしを離さないで』。臓器提供のために作成されたクローン人間の話。

僕たちは深雪の母親に臓器提供することを念頭に生み出された子どもたちなのかもしれない。

「野崎さんのプレゼントの本は、過去と未来の事件を暗示していて、深雪に対するヒントになっていた。『隣の家の少女』は野崎家に虐待があったことを、『カラマーゾフの兄弟』は子どもによる父殺しを示している。『万延元年のフットボール』『岬』は近親相姦、現実では遺伝的近親相姦で深雪が生まれたことを表している。『グレート・ギャツビー』は、婚姻後にも野崎さんと深雪の母の間に秘密の関係性が存在したことを。『わたしを離さないで』は、臓器提供のために子どもが生み出されたことを、それぞれ暗示していた」

「さすがアリオは賢いな」

野崎さんはそう言って微笑み、僕は見下されている気がして傷ついた。

「野崎さんのさっきの話には矛盾があるよ。まず第一に、別に精子は野崎さんのものじゃなくてもよかった。例えば妊娠を望む夫婦の男性の精子をそのまま活用して受精卵を作り、ゲノム編集で殺人衝動に相関性がある遺伝子を改変するだけでよかったはずだ」

野崎さんがもし自分の精子を使用せず、ＤＮＡにデータを書き込んだりしなければ、誰にも知られることはなかったかもしれない。

なぜ彼は、自分の精子で大量の子どもを作る必要があったのか。

「野崎さんは、幼少期から心臓が弱かった深雪の母が将来的に移植を必要とするリスクを把握していた。そこで、移植用のドナーとして子どもを作成することを考えた。HLA型が適合するように遺伝子編集を施し、臓器の適合度が高い人間を作成した」

そのようなドナーは現実には滅多に存在しないから、臓器提供に選ばれる蓋然性が高まる。さらに、心臓移植には、血液型の一致もしくは適合が必要だ。深雪の母親はA型。移植臓器はA型もしくはO型の血液型である必要がある。野崎さんはO型だから、A型かO型の患者を選べば、必然的に血液型の問題はクリアされる。

野崎さんの危惧は現実になり、深雪の母は心臓移植が必要となった。心臓移植は相性が重要だ。

「野崎さんは、自分の遺伝上の子どもが自分を憎んで殺しに来たとき、殺すつもりでいた。正確に言えば脳死に」

「だとしたら?」

「まだ一つ疑問が。野崎さんが、直接殺しに行けばいいのでは?」

「まったく接点のない人間を探し出して隙をついて殺す。それも警察に捕まらないように。容易にできることではない。それに、名前と簡単なプロフィールしか把握してない。全員の所在地を正確に把握していたわけじゃない。転居する人間もいるだろう。そして、他人を殺してもいいと考えている人間は自分が殺されても仕方がない。だから、俺を殺しに来た人間なら気兼ねなく殺せる」

「心臓移植のために、大量の子どもを作成したとします。でもそのことで、野崎さんは、木を森の中に隠すように、本当の目的を誤魔化したんだと思う」

「心当たりがないな」

野崎さんは姉との子どもが欲しかった。叶わない恋の代償として。

「野崎さんは、もし自分を殺しにきたのが深雪だったらどうしたんですか？　それでも殺した？　それは考えにくい。野崎さんは別の案を最初から用意していたと思う」

野崎さんに僕を殺すつもりはない。

「仮に自然死に見せかけて殺害し、脳死と判定された場合、移植される可能性は高いかもしれない。しかし、日本では臓器移植は最終的に家族の同意が必要だ。だけど統計的に日本人はあまり臓器移植に同意しない。これが臓器移植の件数が日本で低い原因です」

実際、僕の家族が同意するかは微妙なところだろう。

「野崎さんは、計画の段階で、将来的に日本の臓器移植基準が諸外国と同様に、家族同意が必須ではなくなると想定していた。しかし、現実は違った」

「何が言いたい？」

「調査では遺族の約半数が臓器提供を承諾する。子どもを殺し続ければ、いずれは臓器移植が成立するかもしれない。それは論理としてはあり得るけど、非現実的だ。野崎さんの犯行が露見せず殺人を続けられることが前提になっているから。野崎さんが逮捕されたら終わり。現行法ではリスクが高すぎる。だから計画を変更した」

「どう変えればいいと思う？」

「野崎さんは僕を殺すのではなく、今夜、自分が死ぬつもりだ。そして死後、脳死状態で臓器移植される準備のために、協力者として僕を選んだ」

野崎さんは感心したような顔で「さすがだな」と言った。

「お前が話の分かる奴でよかったと思えばいいのか」

「もし僕が不親切な人間で、野崎さんの死後、思うように動かないとしたら？　例えば、そのまま立ち去るとか」

「別にいいが、お前は殺人を疑われて多少面倒臭くなる」

「僕に悪意があれば、それでもいいかも」

「お前にメリットを用意してある。もし来るのがアリオじゃなかったとしてもいいように考えてたんだ。お前なら分かるだろ？」

僕は彼の顔をじっと見た。言っても無駄だと知りながら、あのときユリオに言えなかった言葉を遅れて言った。

「死ぬのやめましょうよ」

「ありがとう。でも、そろそろ人生を終わりにしたいんだ。今がうってつけの機会ってだけなんだよ」

それから僕と野崎さんは風呂場に移動した。

野崎さんはボタンを押して、浴槽に湯を溜めた。水位が上昇していく。二人でそれを見下ろしながら話した。

「お前は俺の家に遊びにきて、話し込んでるうちに、遅いから泊まっていくことになった。それで交代で入浴することに。俺は体調不良で風呂場で意識を失う。それをお前が発見して救急車を呼ぶ。平均九分で到着する。確実に脳死になるには十五分が必要だから、俺が窒息して六分後にアリオは救急車を呼ぶ」

「もし救急車が九分で来なければ？」

「そのときは人工呼吸と心臓マッサージを」

「荷が重いな」

湯が溜まり、野崎さんは服を脱いで浴槽に身体を浸けた。彼はスマートフォンのアラームを六分後にセットして浴槽の縁《ふち》に置いた。そして「これが鳴ったら通報してくれ。マイナンバーカードに臓器提供の意思表示は一応書いてある」と付け加えた。

「アリオ、ありがとう」

野崎さんは目を閉じ、大きく一つ息を吐いた。

「僕が野崎さんを止めると思ったから、僕に殺意を抱かせたかった。本当は、そのためにジョーカー事件を起こした？」

「自分が死んで臓器を提供すると決めた時点で、ただ黙って自然死にみえる形で死ねばいいかもしれない。ただ、死後の自分の肉体が適切に救急搬送されて臓器移植の対象になるかは不透明だ。信頼できる協力者が必要になる。しかし現実的に、例えば俺に愛情を抱いているような相手は、俺を殺さない。俺の死を止めず、俺の意図を汲み取って動いてくれる人間、俺に殺意と共感を同時に抱き、俺が死んでもいいと思ってくれる人間が必要だった。つまり、アリオみたいな」

「渚さんに全部頼めばよかったのに。やってくれたと思うけど」

「あいつは巻き込むには善良すぎる」

僕はしばらく考えて野崎さんに言った。

「僕に悪意がある可能性は？　野崎さんへの憎悪が理由で、死後、ただ放置するかもしれない」

「もちろん。それだけじゃない。さっきメリットを用意したと言っただろ。お前、人を殺したいんだろ？　分かるよ。俺だってそうだ。父親を殺したとき、生きてるって強烈な実感を初めて得ることができた。あれから生きてて、ずっと何も感じないんだ。死んでるみたいに生きてきた。だから分かるよ。お前もそうだろ。人を殺すこと以外に本当は何も心が動かないんだろ。最後は自分の手で俺を殺したいんだろ？」

野崎さんは浴槽から僕を見上げた。

「人を殺したい。それがお前の本当の欲望だから。俺の頭を水中に押し付けたらいい。俺だってずっと、人を殺したかった。お前のその気持ちが分かるから。せめて一人くらい死ぬまでに誰か殺したいだろ。これから死のうとしてる男を殺しても、後ろめたさを感じずにいられると思う」

「そして、野崎さんを殺したら、あるいは自殺したら……通報しないと、僕は殺人を疑われる」

「そういうこと」

野崎さんは僕に、人を殺すための言い訳を作ろうとしてくれているのだ。

僕はそこに、奇妙に捩《ねじ》れた愛情を感じていた。

「分かりました」

僕は野崎さんの後頭部に手の平を持っていった。

「やります」

彼の髪を摑んで、水の中に押しつける。

野崎さんは抵抗しない。

これでいいんだろうか。

時間が経過する。

そのとき、野崎さんのスマホが鳴った。タイマーのアラームにしては早すぎる。

電話番号からの着信だった。

それからたぶん〇・二秒以内に、僕は野崎さんから手を放した。

野崎さんが水面から顔を出して叫ぶ。

「やめるなよ」

彼の苛立ったような声を僕は初めて聞いた気がした。

「電話です」

「どうでもいい」

そう言いながら、野崎さんは電話の着信番号を見た。

「病院からだ」そして野崎さんは電話に出た。

深雪の母が死んだ、とその電話は告げた。

犯人が阿部菫を殺したのは、もしかしたら野崎さんを助けるためだったのかもしれない。そうすれば野崎さんが死ぬ必要がなくなると考えた。それはもちろん、犯人の誤解だったのだけど。

病院で患者死亡　殺人の疑い

心臓疾患で入院していた阿部菫さんの人工呼吸器が止められ死亡しているのが見つかった。何者かが故意に停止させ殺害したとみて警察は捜査を進めている。二〇三六年一一月二四日（K通信）

深雪

深雪が失踪する前、僕らは最後に会った。

多摩川の河川敷が見下ろせるコンクリートの階段に座って、夕日を眺めながら二人で話した。

「法律で裁けない人を私的な理由で殺していいと思う？」

「そんな独善的な人間は支持できないね」

「私刑は肯定されると思う？」

「どうだろ」

「私はされないと思うよ。正当化はできないと思う」

「まあそうだね」

「でも、確信犯を止めることはできない」

「そして、自分が間違ってると分かってて悪をなす人は止めようがない」

僕はあの夜、ある種の私刑を実行しようとしていた。

僕は歪んでいる。でも、そのようにしか生きられない。

「深雪はなんでお母さんを殺したの？」

「分かってるのにそういうこと訊くところあるよね。だからアリオは怖いんだ」

彼女は僕を、化け物でも見るみたいな目で見た。

「あなたは言葉で人を殺したいんでしょう？」

「まさか」

僕は苦笑して受け流した。僕は彼女を断罪することも許すこともできそうにない。

「ユリオを殺したのは深雪？」

「そうね。ある意味では」彼女はいつか僕にそう訊かれることを予期していたように眉一つ動かさない。

ここからが僕が本当に知りたかったことだ。

「この話は誰かにした？」

「市堰君には」

「どうして」

「一人じゃ耐えられなくて」

彼女には何か他に狙いがあるのではないか。ユリオをコントロールしていたように。

僕が彼女の言うことを信じないのは、信じるということもある種の暴力で、彼女を傷つけていたかもしれないと気づいたから。

「ユリオと睡眠薬を飲んだの。それから川に身を投げて、一緒に死ぬつもりだった。心中しようって。でも私だけが生き残っちゃった」

あるいは、深雪はユリオに心中を持ちかけ、自分は睡眠薬を吐き出し生還した。

僕は深雪の話を信じていない。

彼女は意図を持ってユリオに自殺を教唆《きょうさ》したはずだ。それは、彼女が、ユリオに消えてほしかったからだ。深雪の父親を殺した理由と共に、彼に消えてほしかった。

ユリオは深雪のために死んだと僕は思っている。ユリオから遺書代わりのＬＩＮＥが来たのは、僕が深雪といたときだった。思えばそれがあったから僕は深雪を疑わなかった。

おそらく、深雪はユリオのスマートフォンでＬＩＮＥの自動送信を設定していた。ユリオのアカウントからメッセージが届く頃、僕と過ごすことで、僕に対してさりげなくアリバイを証明し、自分はユリオの死に関与していないと思わせた。

「あの自動送信メッセージはどうやって送ったの？」

「最初に送ったのはユリオ自身。その後、ユリオの意識が途絶えて、私が続きを書いて自動送信を設定した。アリオに疑いを持たれないため」

深雪は先にユリオの死体を発見し、携帯電話を水没させて壊し、さらに念のため、僕と共にバラバラに破壊することで証拠を隠滅した。僕はユリオのｉＰｈｏｎｅの顔認証を解除して中を見ることができるから。

深雪は当時、彼のことを警察に詮索されたくないからスマホを壊すのだと言っていた。それも、メッセージの自動送信履歴を、何らかの特殊な手段で復元されかねない可能性を恐れたのだろう。

「深雪はどうして父親に死んでほしかったの？」

もし深雪の父親が、彼女と自分に遺伝的な繋がりがないことを知っていたとしたら。

深雪は答えず、ただ真顔で僕を見ただけだった。

「どうして私があなたに全部本当のことを話すって思えるの？」

それから彼女は微笑んだ。悲しい、突き放すような、何か葛藤しているような笑顔だった。

「本当に私に何が起きていたかなんて、あなたには絶対に分からない。私がここでもし嘘の理由や感情を説明しても、あなたにはそれが本当か嘘か、分からないでしょう。私は分かってほしくない。それなのに、推論で人の心の壊れやすいところまで立ち入ろうとしないで。知ったかぶりしないでよ。そういうの、気持ち悪いよ。あなたに一生話したくないことだってある。あなたに理解できないこともある。だからただ黙ってて。あなたの歪んだ論理と、秘密を暴きたいという気持ちが、どれだけ人を傷つけてるか分からないの？　だからあなたは無意識に復讐される」

彼女は僕を睨みつけた。

「あなたには絶対、私のことは分からない」

深雪のまなざしが僕には怖い。

僕はそれを聞いて唖然とした。僕と彼女は何も通じ合っていなかった。全てがディスコミュニケーションだったのだと、そのとき肌で感じて痛かった。

「アリオ、泣いてる」

そう言って深雪はそっと指で僕の目元を拭った。そう言われて初めて、自分が泣いていることに気づいた。

そして彼女も泣いていた。僕たちは涙を流しながら笑い合った。

「知ってた？　あなたは人を殺したくなるといつも泣くんだと思う」深雪は言った。

「アリオもユリオも、人を殺したくなると涙が止まらなくなるんだよ。知ってた？」と。

僕だけの愛が終わるのを受け入れるのはつらい。

僕は気づいていた。自分の人生で、今後、本当に誰かを好きになることは二度とないと。

人は一生の中で、そう何度も人を愛せるようにはできていないのかもしれない。そんな相手と離れ離れになるのは、本当に酷い話だ。二度と会えないなんて。

「私と関わる人はたぶんみんな不幸になるんだと思ってる」

「そんなことない」

「あなたに出会えて本当によかった」

そう言って彼女は悪魔みたいに笑った。

「私はあなたを好きにならないようにずっと頑張ってきたから。だから褒めてほしい」

「なんだよそれ」

「あなたはすぐ破滅を選ぶだろうから」

話しているうちに、だんだん、彼女と話すことがなくなってきたのを感じて、僕は寂しい気持ちになった。

「あの頃、もっとまともに話し合えばよかったな。時間が無限にあるかのように振る舞わずに。知らなかった。特別な時間に限りがあり、それが終わると、もう二度とそれは取り戻せないこと。後からでいいやと思っても、それは永遠にやってこないこと」

「僕は知ってたよ」

「いつも、ずっと、ほんとうにごめんね。酷いことばかりで。アリオと過ごした時間、全部素敵な時間だった。忘れないと思う」

「僕も忘れないと思うよ」

でも、本当だろうか？

人はなんでもすぐ忘れてしまう。

僕は死ぬまで、深雪の全てを忘れたくないのに、それでも記憶は消えていく。

「深雪、何でも言うこと聞くって」

「何の話？」

「友達ゲーム」

「何それ。ずるいよ」

深雪はなぜか嬉しそうに笑い続けた。

「どうして友達ゲームなんてやったの？　君は本当はいつから市堰の存在に気づいてたの？」

彼女は何も答えない。そして話を逸らすように彼女は言った。

「いいよ。私にやってほしいこと言ってみて」

「健康に生きて。毎日朝七時に起きて。洗顔歯磨き。朝日を浴びて。散歩して。朝食を食べて。ストレッチ。真面目に生きて。人に優しく。丁寧に親切に。礼儀正しく。明るい未来を生きて。困っている人を助けて。世界中から愛を感じて。死ぬまで自殺はしない。そういう人生を歩んで」

僕が一息にそう言ったら、深雪は打ちのめされたような愕然とした顔をした。

「分かった。必ず約束は守る」

彼女はそうは言ったが、僕は別に信じてはいなかった。

「覚えてる？　太陽が地平線付近にあるとき、緑の光が一瞬見えることがある」

僕たちはこの話題をロメールの映画で知った。

僕たちは深雪と中学時代に一度それを目撃したことがある。

深雪との別れ際にしばらく、五分くらいだと思うけど、河川敷で日没の太陽と川面を眺めた。淡々とした映画の長回しのシーンみたいに。これが真実の瞬間だったらいいのにと思う。僕にとってそれは奇跡のように美しく救いがない景色だった。緑の光は見えなかった。

「緑の光を見ると幸せになれるらしいよ」

「本当に見るだけで幸せになれる光なんてあるのかな？」

「さあね」

「幸せになったあと、人はどうなるの？」

「幸せじゃなくなっていくだけだよ」

「だったら幸せじゃなくてよかったのかな」

「そうかもね」

深雪は僕の顔を見て泣いていた。


それから彼女は僕の前から消えた。

彼女の行方は誰にも分からなかった。

あれからも、僕はいつも彼女に似た顔の人を捜してしまう。会えなくなってもまだ君が生きている気がしている。

市堰

イベントで混雑している夜の渋谷で、僕と市堰は再会した。

「お前、僕に会う前から深雪のことを知ってただろ」

「……ネットで、アリオの横に写っていた深雪の写真を見たんだ」

市堰と出会ったあと、僕も自分の写真をネットで調べた。被害者の娘として、彼女もネットに晒されていた。

「調べて、彼女がアリオとユリオの幼馴染であることも知った」

ネットで見た画像で、会ったこともない人を好きになるということも、なるほどあり得るのかもしれない。

「つまり、最初から深雪と仲良くなりたくて僕に近づいた？」

彼は曖昧な表情のまま何も答えない。

「どうしてそんなにまどろっこしいことを？」

「出会いを偶然にしたかったから。俺が必然性をもって近づいたら、彼女は引いてしまうかもしれない」

「深雪のどこに、そんなに惹かれた？」

「顔が気になった。何か惹きつけられるものがあった」

一目惚れなんて、と思うが、僕もそうなのだから偉そうなことは言えない。彼が語るその流れは、まるで僕が彼女に惹きつけられた心の流れとそっくりだ。

「お前があの夜、地下の喫茶店で最初に深雪に会ったとき、あれも偶然ではなく、必然だった。お前は、深雪のインスタのアカウントを最初から知っていたから。そこから深雪の友人のアカウントを見にいった。そして更新されたストーリーズを見て、店の位置情報を把握した」

僕は、深雪が友人にあの投稿を促した可能性について考えて、恐怖した。だとしたら、彼女は、インスタの足あとなどから市堰の存在をあらかじめ把握していたのかもしれない。

「お前がそういう作為的なことをしていたと思うと少しがっかりした気持ちになる。なんか、お前にはもっと、無軌道な輩《やから》でいてほしかったから」

「なんかごめんな」

「謝るなよ。勝手にちょっとお前に憧れてたんだ」

それから僕たちは、しばらく無言で向き合った。

「アリオさ。お前がみんなを無意識的に操って、殺意や自殺の背中を押してきたんじゃないのか？」

「そんなわけないだろ」

僕はため息をついた。そして心の底からうんざりした。

彼がトイレに行った際に僕は鞄の中身を見る。妙に重そうだったから。

僕は見てみぬふりをした。

市堰はこのあと誰かに会うと言っていた。

「市堰」

「何？」

「今までありがとう。お前に会えてよかった」

市堰は一瞬、おぞましい何かを見たような顔をした。

「うん」

別れ際、僕は彼に質問した。

「市堰、お前、誰を殺すの？」

「殺すわけないだろ」

彼はまるで僕が旧知の友人かのような調子で笑ってみせた。

「賭けはお前の勝ちか？」と僕は彼に訊いた。彼はそれから何か考えるような顔をして、黙って僕から離れていった。雑踏の中で彼が僕を振り返る。彼は僕の顔を見た。何か叫んでいる。聞こえない。唇の動きを読む。分からない。

そして彼は行き交う人たちの中に消えていった。

彼が何を言おうとしたのか、それから、僕はずっと考え続けた。

ユリオ

あの頃、僕たちはいつも一緒に行動していた。何をするのも一緒だった。嫌なことも楽しいことも全部。なんでも一緒にできるし、ずっとしていけると思っていた。生まれてから死ぬまで。そして学校に行きだしても大人になっても、変わらず一緒にいられると思っていたのだ。でもそんなことはなかった。そう気づいたのは深雪と出会ってからだ。どちらか一人しか選ばれない。愛情は誰かを選び、誰かを選ばないということだから。

あのときから僕たちは離ればなれになり始めたんだと思う。

僕たちはよく色んな話をした。意見が分かれることもなかった。お互いを自分の分身だと思っていた。片時も離れたくなかった。どんなにつらいことがあっても、お互いがいれば安心だと思っていた。それに、お互いをどこかバックアップみたいにも思っていた。もし自分が死んでも、もう一人が変わらず、まるで自分みたいに生き続けるだろうと。

でも今の僕は全然ユリオとは違う人間になったと思う。そう言い切れる。もしユリオが生きていたとしたら、今の僕とは全然違う人間だっただろう。もちろん、僕自身も、ユリオが生きていたら、今の僕にはなっていない。

人は生きようと思って生きているのだろうか。人は自分の意志で生まれてくることも生まれてこないこともできない。個体としての人の生に、本来、意志が介在する余地はなさそうに思える。

僕は自分の意志で生きているのだろうか。事実として呼吸及び拍動は自律神経系がそのプロセスを調節し、自動的に機能している。人は呼吸しようと思って呼吸するわけではなく、心臓を動かそうと思って動かしているわけでもない。人は意識的にではなく無意識的に生きている。人ができるのは自分の意志で呼吸を止めることだけだ。

死は自分の意志でコントロールできるが、生はコントロール不能な事象だ。人は何もしない限り自動的に生き延び続けてしまう。存在し続けること、生き延ばしを続けることには、しかし人はどうせいつか死ぬという問題が含まれている。

そういうわけで人間がコントロール可能な最重要問題は〝いつ死ぬか〟だと僕は考えている。それは僕にとって重要な問題だった。

ユリオの死後、僕は常々それを考え続けてきた。特に夜になると、僕は、誰しも人はいつか死ぬことを思い出す。僕はこんな不完全で不確かで脆《もろ》い絶望じゃなくて、絶対に完全で揺らがない完璧な絶望が欲しい。

「あるさ。それが死だ」とユリオはかつて僕に言った。どうせ死ぬから人生は虚しい。

人類が新しくなることでいつか死生観も変わるだろうか。分からない。僕が想像もできないような時の流れの先の未来に、仮に半永久的な不老不死が技術的に実現したとして、人が確率的に事故や天災などの理由で突然死することを防げなければ、何億年生きたところでいずれ死ぬことに変わりはない。太陽系の終焉と共に地球は必然的に消滅するが、太陽系外への脱出は絶望的だ、今のところは。それに宇宙もいつか終わる。

それとも、そうした可能性すら排除できる言葉どおりの「完全な不老不死」が達成されたら、絶対に死が回避されたら、人の死生観は変わるだろうか。変わるかもしれない。

しかし僕にはどうしても、そうした完全性が達成されるとは思えない。歴史上他の何についても完全なものが達成されたことはないように思えるからだ。

死んだら無になって消えるだけ、認識できる世界も消滅するから自分には意味がない。独我論は真実を語っている。

僕の価値観は反出生主義に近い。人は死んだあとどうなるだろう。物質としての肉体は霧散《むさん》して世界に溶ける。死に対する考察の大抵は気休め、あるいは、不可避の事実に対して、これから死にゆく宿命を背負った自分自身を無理やり納得させるための雑な論理でできている。人には死がありそれを強く認識するからこそ人生を一生懸命に生きることができるというのは、意識が高い人間のただの主観的悟りであって、死を意識してもむしろそれゆえに無為に生きる人間もいるだろう。

人類は種として存続し進化するために個体の死を最初から組み込んでいるというが、種として人類が存続することと個人の死に対する絶望は無関係だ。

死は避けられず、ただ受容するしかない。

死後の世界は論理的に思考すればないともあるとも言えないが、しかしたぶんないだろうと直感的には思う。物体としての自分が失われると共に意識は消滅し、独我論的な世界は終わるだろう。この個人的な世界の終わり。

救いはどこにもない。

渚

渚さんはというと、最後に会ったとき、意外に平然としていた。

「別に何が起きてもおかしくないって思ってたから」

そのときの渚さんは達観《たつかん》しているように見えた。

僕と渚さんは平日の午後三時に、日比谷公園に面したレストランで再会した。

「こういう、陽だまりの中みたいなところで再会したかったから」そう言って渚さんは微笑む。

気持ちはなんとなく分かる気がした。

「今年は薄暗いことが多すぎたしね」

「確かに」僕は心から同意し相槌を打った。

開け放されたテラス席から雀《すずめ》が飛び込んできて渚さんの足下で戯れる。

「それで、渚さんはどこまで知ってたんですか？」

「何も知らないよ」

渚さんはむしろ自分が教えてほしいくらいだ、という調子で僕を見た。

「自分のＤＮＡの中に本当にあんな映像が書き込まれていたのか、少し分からなくて。もちろん、理論的に実現可能で、野崎さんがそれを実行可能だったことは分かります。ただ、冷静に振り返ると、僕のような凡人は、自分の生活の延長線上にそんなことがあると実感できなかったというか、なんとなく少しリアリティを感じなかったので。もし野崎さんが渚さんに全て話を通していて、僕が渚さんに相談することを野崎さんが見通していた場合、渚さんが、僕のＤＮＡの中に映像が保存されていたということにして、あらかじめ用意していたあの映像を送りつけてきた可能性もあると思って。どうなんですか？　あれは本当に僕のＤＮＡの中に刻み込まれている映像なのか、それともそんな現実は存在しないのか」

「さて、どちらが真実でしょう？」詐欺師みたいに渚さんが笑う。

渚さんも怖い人で嘘つきだったのかもしれない、と思う。

「別にどっちでもいいです」

その場合、野崎さんは、子どもたちのうちの誰かが自らのゲノムを解析しようとしてそれを渚さんに依頼した場合に、あの殺人映像に辿り着くよう用意していたことになる。野崎さんは最初から僕を自分の元に辿り着かせるためにコントロールしていたのかもしれない。他の誰でもなく。そのほうが、より計画的な彼の性格に合っている気はする。

どうして野崎さんはＤＮＡに殺人映像を保存したのか。その映像を観た子どもが自分に殺意を抱くようにというだけではなく、姉が殺人に関わっていないと子どもたちに思わせ、殺意が自分だけに向くようにしたかったのかもしれない。

野崎さんの家庭での虐待はどうして始まったんだろうか？　例えば野崎さんの本のプレゼント。近親相姦を表現する本は二冊ある。それは二度起きたのかもしれない。現実と、試験管の中で。

「気になるなら、自分でＤＮＡを再度、別の機関で確認してみたら」

「そうですね。いつか検討します。でもしばらくＤＮＡのことは考えたくないな」

僕はうんざりして呟いた。

「で、今日は何の用なんですか？」

「……野崎は、あなたとの別れ際に何か言ってた？　あなたが最後に見た野崎は、私のことを何か」

渚さんは今日、それを訊きたかったんだと分かった。

「何も」本当のことなんて、僕には何も言えない。

「まあそういう人だよ、あの人は」

渚さんはため息をついた。まるで煙草の煙を吐き出すみたいに。

「心の虚無を埋められなかった」

「そういうの、誰も埋められないんだと思うな」

「そう？」

「野崎さんも、僕と同じで、愛が不可能な感じがしたから」

僕と渚さんは似ているのだと思う。

僕も深雪の虚無を埋められなかったから。

きっと深雪の中では、彼女の心の中には、ユリオだけがずっと残り続けている。

彼女はずっとユリオを想い続けている。

ユリオが死んだときから。

深雪はユリオのことを好きになり始めたのだと思う。

十二月

マンションで男性の遺体発見
行方不明の医師か

医師の野崎誠司さんの遺体が東京都新宿区のマンションの一室で発見された。警察は部屋の住人の男が関与したとみて行方を追っている。二〇三六年一二月二日（K通信）

深雪

海辺に雪が降っていた。

それは珍しい光景だと地元の人が言っていた。そうだろうなと僕もなんとなく思う。

海の傍の砂浜に雪が降り積もる様は、幻想的で美しい情景だ。

海岸線まで一面雪で白く染まった砂浜に、車が停まっていた。

深雪は母親を殺し、市堰は野崎さんを殺した。そして深雪と市堰は心中した。

僕は彼からのメッセージで、二人の死を知った。

早朝、深雪と市堰の死体を見つけた。

二人の、まだ死にたての、綺麗な死に顔を見下ろす。二人は眠るように、海辺で仰向けになって死んでいた。

僕は二人の死を悼《いた》んだ。同時に激しい嫉妬と憎悪を感じた。

深雪の顔を見て思う。昔に戻れたらいいな。ずっと一緒にいた日々に戻れたらいいな。隣にいるのが当たり前だと思ってた日々に戻れたらいいな。昔みたいに君の胸に顔を押しつけて泣けたらいいな。君が当たり前のように傍にいた日に戻れたらいいな。

かけがえのなかった日々。もう二度と光は射さない。

この世のどこにも救いはないのに、それでも人はどんどん生まれてくる。生まれてこないほうがいいのに。もしも選べるなら、どれくらいの人が、生まれてきたいと思うのだろう？

でも僕みたいな人間は少数派だろう。これからも人は人を生み出していく。そして絶望が増えていく。

そうした人たちの絶望に対して僕は何ができるだろう。

僕は誰一人救えなかった。

深雪と市堰は睡眠薬を飲んで海辺で手を繋いで永遠に眠っていた。お似合いの二人だ。僕は羨ましかった。

大好きだった。でも、大好きな君に死んでほしいとずっと思ってた。君の死体、すごく綺麗だし。横には自分と同じような顔の男がいるし。まるで自分が心中したみたい。生きてる僕は馬鹿みたいだ。本当は僕も死にたい。

花束を持ってくるのを忘れた。

僕は水で睡眠薬を流し込み、波打ち際の水面に顔をつけて、目を閉じた。暗闇の中で深雪が生きていた頃の顔を思い出そうとする。それから市堰を、ユリオを。思い出と共に僕も消えていけるだろうか。

そして暗闇の中に溶けていく。

＊

肩を揺すられている。

目を開けると蒼の顔があった。

「ふざけないでよ」

蒼が泣いていた。

「どうしてここに？」

「私にもメッセージが来たから」

「そっか」

遠くに警官たちの姿が見えた。

蒼が呼んできたんだろうか。それとも、以前の住居不法侵入で僕を逮捕でもしにきたのか。

それから僕は黙って海に向かって歩いた。

振り返ると、みんなが僕を心配そうに見つめていた。

「死ねばいいのに」と僕は呟いた。

誰かが、大人になれよ、と言うかもしれない。

でも僕は成長したくない。

大人になりたくない。

変わりたくない。

ユリオを忘れたくない。

深雪も市堰も忘れたくない。

あの頃は若かったと思いたくない。

僕は永遠に僕のままでいたい。

忘れたくない。

絶対に、この、どうしようもない気持ちを、僕はいつまでも持ち続けていたい。

僕は絶対に大人にならない。


急に涙が溢れて止まらなくなった。嫌になる。

蒼が駆け寄ってきて、僕の手を掴んで、窘《たしな》めるように言った。

「だって、もし――」

僕は彼女の腹部に目を落とした。

「そんなはずない」

僕は少し考えて自信がなくなった。

「知らないよ。僕には関係ない」

「本当に？」

蒼は僕の心の奥を覗くようにまっすぐ見据えた。

僕は怯えた。

「全然分からないよ」

「あなたは死なない」

「君の気持ちが分からない」

僕の声は激しく震えた。

「何言ってるのか全然分からない」

僕は、今まで生きてきて、一番強く、心の底から、誰でもいいから人を殺したいと思った。こんな酷い世界には生まれてきたくなかったと。手にはナイフがあった。目の前には蒼がいた。やっちまおうかと思った。何人やれるだろう。全部終わらせたい。中途半端な希望や救いは面倒臭い。僕は偽物じゃなくて本物が欲しい。僕は本物になりたかった。

「大丈夫。死なないで」と彼女は言った。

「やめろよ。そんなおぞましいこと言わないでくれ」

僕はそれを鼻で笑った。

「大丈夫」

「なんでそうやって、みんな何も考えずに気休めの嘘をつけるの？」

「あなたはいつも自分のことしか見てない」

それはそうだ。

「目の前の私をちゃんと見てよ」

強烈な眩暈がして、視界の中の彼女が揺れる。

「君はどうしてまだ僕に関わろうとするの？」

彼女が息を呑む気配が分かる。

「私、アリオが生きてるだけで好きだよ」

彼女の瞳に日の光が反射して、この瞬間を特別なもののように錯覚させる。

「そんなの嘘だよ」

すると蒼は顔を歪ませ、自信なさそうに笑った。

自分の目から、涙が零れる。

そのとき、僕はふと気づく。

深雪は、ただ単に僕を殺したかっただけなのかもしれない。僕たちはいつもそれを詩的に表現していたのかな。

だとしたら、全部赦《ゆる》せるような気がした。

そのとき、急に僕は、深雪の一部を理解した。違和感と彼女の涙の意味も。それからついでに、最後に市堰が僕に何を言ったかも。

いつでも僕を殺してくれて良かったんだけどなと思う。なんで正直に言ってくれなかったんだろう。心の中で笑ってしまう。なんだよ、と思った。

そして僕は色んなことを受け入れる気になった。だって僕は彼女に殺したいと思われていたかもしれないことが嬉しかったから。それだけで、あのとき生きていて良かったと思えた。心の底から。人は愚かだし、彼女も僕も愚かだ。人は間違う。

僕は赦せるかもしれない。

僕は赦したい。

だから僕は赦す。

僕は彼女を赦す。

僕はあらゆる人を赦す。

僕をこの世に生んだ両親と遺伝上の父を赦す。

僕は僕自身を赦す。

そして僕はこの世の全てを赦して生き延び続ける。

愛とは何だろう。

愛とは嘘だ。

僕には愛が分からない。

僕には、人を愛する気持ちは分からず、人を殺したいという気持ちしか分からない。

僕は愛が怖い。

愛はときに薄暗く人を損なうものだ。

愛は人を傷つける。愛は人を変えてしまう。愛は人を貶《おとし》める。愛は人を突き落とす。

愛はときにネガティブなものだ。愛は僕たちを駄目にするだろう。愛は僕たちを台無しにする。愛だけがこんなにも僕たちを傷つける。愛されないということも愛されるということも人を傷つける。

愛なんてなければいいと思う。僕は愛なんて信じられない。愛もまた、人のあらゆる感情に名付けられた言葉と同じように乱暴なもので、正確なものではない。

愛にも色々ある。包みこむような愛も。奪うような愛も。

それを等しく愛と表現するような乱暴さが愛にはある。そして同時に、光のような愛にも闇のような愛にも共通する何かがあり、それを人は愛と呼ぶ。僕にはそんな愛情は分かりそうにない。

僕はこれまで誰からも愛されたことがないと感じる。目の前の人たちが、愛に悩み傷つき死んでいくところをただ眺めていただけだ。

愛なんかなければいいのにと思う。愛は憎しみになるから。そして人を殺すから。

でも、愛が憎しみに転化することがあるなら、憎しみが愛に転化することがあってもいいはずだ。そしてそんな逆転が許されるなら、生きている人と同じように死んでいる人を今から愛し始めてもいいはずだ。僕の憎しみは愛になる。

人生に救いはない。

愛は救いにならない。

それでも僕は死んだ人を愛し続ける。


涙がずっと止まらない。涙腺《るいせん》が壊れたみたいに流れ続けている。

どのようにして自分が今生きているのかを説明することはできる。どのようにして自分が生まれてきたのかも。そこには時系列に沿った物理的な事実が存在するから。だけど、なぜ、どうして、自分が生きているのかは、その意味は、現在から過去に遡って後から理由づけするときに初めて生じる。

僕はいつか僕の生きている意味を作れるようになるだろうか。なれたらいいなと思う。

僕は服を着たまま、水平線に向かって歩いていく。
僕は僕のままでいい。
泣きやまなくてもいい。
それも含めて僕だから。
僕は泣きながら歩いていく。
透き通った朝の光。白い波の音が聞こえる。
僕はこの世界に抗う。僕は絶対に屈しない。決して諦めない。
急がないと。決定論に飲み込まれる前に。
僕は信じてるし信じ続けていく。ユリオが信じ深雪が信じ市堰が信じた僕を。
人は変われる。
言葉は追いつかない。考えてる暇はない。自由意志は〇・二秒。
僕は決めた。生きる。

この物語はフィクションであり、実在する個人・組織・事件等とは一切関係ありません。

参考文献

遺伝学

『遺伝子 親密なる人類史』シッダールタ・ムカジー 著／仲野徹 監修／田中文 訳（早川書房 二〇一八年二月）
『双子の遺伝子』ティム・スペクター 著／野中香方子 訳（ダイヤモンド社 二〇一四年九月）
『ゲノム医学のための遺伝統計学』田宮元 植木優夫 小森理 著（共立出版 二〇一五年三月）
『ヒトの分子遺伝学 第5版』トム・ストラッチャン アンドリュー・P・リード 著／戸田達史 井上聡 松本直通 監訳（メディカル・サイエンス・インターナショナル 二〇二一年十月）
『ハートウェル遺伝学』リーランド・H・ハートウェル リロイ・フッド マイケル・L・ゴールドバーグ アン・E・レイノルズ リー・M・シルバー ルース・C・ベレス 著／菊池韶彦 監訳（メディカル・サイエンス・インターナショナル 二〇一〇年三月）
『「心は遺伝する」とどうして言えるのか：ふたご研究のロジックとその先へ』安藤寿康 著（創元社 二〇一七年九月）
『生まれが9割の世界をどう生きるか 遺伝と環境による不平等な現実を生き抜く処方箋』安藤寿康 著（SBクリエイティブ 二〇二二年九月）

ゲノム編集

『CRISPR 究極の遺伝子編集技術の発見』ジェニファー・ダウドナ サミュエル・スターンバーグ 著／櫻井祐子 訳（文藝春秋 二〇一七年十月）
『デザイナー・ベビー：ゲノム編集によって迫られる選択』ポール・ノフラー 著／中山潤一 訳（丸善出版 二〇一七年八月）
『遺伝子操作時代の権利と自由：なぜ遺伝子権利章典が必要か』シェルドン・クリムスキー ピーター・ショレット 編著／長島功 訳（緑風出版 二〇二二年十一月）

『ゲノム編集の世紀：「クリスパー革命」は人類をどこまで変えるのか』ケヴィン・デイヴィス 著／田中文 訳（早川書房 二〇二二年十一月）
『ゲノム編集と医学・医療への応用』山本卓 編（裳華房 二〇二二年六月）
『ゲノム編集とは何か：「DNAのメス」クリスパーの衝撃』小林雅一 著（講談社現代新書 二〇一六年八月）
『ゲノム編集の光と闇：人類の未来に何をもたらすか』青野由利 著（ちくま新書 二〇一九年二月）

犯罪生物学

『暴力の解剖学：神経犯罪学への招待』エイドリアン・レイン 著／高橋洋 訳（紀伊國屋書店 二〇一五年三月）
『犯罪学研究：社会学・心理学・遺伝学からのアプローチ』パーオロフ・H・ウィクストラム　ロバート・J・サンプソン 編著／松浦直己 訳（明石書店 二〇一三年八月）
『犯罪の生物学：遺伝・進化・環境・倫理』D・C・ロウ 著／津富宏 訳（北大路書房 二〇〇九年八月）

脳科学と哲学

『マインド・タイム：脳と意識の時間』ベンジャミン・リベット 著／下條信輔 訳（岩波書店 二〇〇五年七月）
『「運命」と「選択」の科学：脳はどこまで自由意志を許しているのか？』ハナー・クリッチロウ 著／藤井良江 訳／八代嘉美 監訳（日本実業出版社 二〇二一年三月）
『脳科学と倫理と法：神経倫理学入門』ブレント・ガーランド 編／古谷和仁　久村典子 共訳（みすず書房 二〇〇七年七月）
『道徳脳とは何か：ニューロサイエンスと刑事責任能力』ローレンス・R・タンクレディ 著／村松太郎 訳（新樹会創造出版 二〇〇八年五月）
『脳神経倫理学の展望』信原幸弘　原塑 編著（勁草書房 二〇〇八年八月）

その他、数多くの書籍やWEBを参考にし、本作を執筆いたしました。この場を借りてお礼申し上げます。

本書は「文藝」二〇一九年春季号に同名の短編小説として発表した作品をもとに大幅に加筆した作品です。

著者略歴

佐野徹夜（さの・てつや）

1987年京都府生まれ。2016年『君は月夜に光り輝く』が第23回電撃小説大賞《大賞》を受賞しデビュー。同作は2019年に映画化。近刊に『さよなら世界の終わり』などがある。

透明《とうめい》になれなかった僕《ぼく》たちのために

2023年11月20日　初版印刷
2023年11月30日　初版発行

著者	佐野徹夜
発行者	小野寺優
発行所	株式会社河出書房新社 〒151-0051 東京都渋谷区千駄ヶ谷2-32-2 電話 03-3404-1201（営業） 03-3404-8611（編集） https://www.kawade.co.jp/
装画	loundraw（FLAT STUDIO）
デザイン	野条友史（BALCOLONY.）
組版	KAWADE DTP WORKS
印刷・製本	図書印刷株式会社

Printed in Japan　ISBN978-4-309-03129-3
落丁本・乱丁本はお取り替えいたします。